心无挂碍 无有恐惧

林清玄 著

江苏凤凰文艺出版社
JIANGSU PHOENIX LITERATURE AND ART PUBLISHING, LTD

序言

观自在

玄奘法师到西域取经，一路是念着心经。

心经是令人惊奇的，他遭遇许多法难与考验，受到许多痛苦与折磨，都未曾动摇自己的心。

心经的首句是“观自在菩萨”，乃观世音菩萨的别名，这是一种祈求，祈求菩萨的保佑，也是一种自许，期许自己也能与菩萨一样。

对于一个寻求智慧的人，一定要维持“心”的高度，心的高度是从“静观”与“自在”而得。

就像创作一样，如果守在第一人称，我是我，苦乐就是苦乐，都是实存的。

如果跳到第三人称，我是他，苦乐经过转换，成为静观的对象，苦乐是流动的、非实的。

躺在大漠中休息的玄奘，若只看自己，就会觉得前途茫茫，苦难无边，但是仰望长空，星月明媚，思及远方的理想，再想到后代的众生，一切是多么美好，历历在目。

在静观中，小我隐去了，大我现前了。

在静观时，自我冥没了，自在现起了。

在往上一看，用“全人称”来看，生命的过程正如阅读小说或观赏电影，我们的人生一段一段往前流去，流到乌何有之乡。

在生命的漂泊中，只有截断过去与未来，并放下苦乐的束缚，才能自在。

行深，般若波罗蜜多时

每天有一些自在，并使自在的时间延长，再使自在的感受深刻，愈走愈深，最后一定能有智慧升起，这不是普通的智慧，而是能通往彼岸的般若。

我喜欢心经里关于“行深”的说法。

“行深”是行到水穷处，走到最深的地方，实践到最终极。

“行深”不是“铁杵磨成绣花针”那种人为的作务。

“行深”是“桃李不言自成蹊”那种天然的进入。山里的桃花李花一句话也没说，但是追寻花香寻觅花魂的人，十方来朝，走着走着，自然走出一条路。

这路，不只是自己赏花，也是为了有缘的人，他们“缘蹊行，忘路之远近”，最终，找到自己的桃源。

想到我今成为作家，也就是“行深”两字，八岁的时候，我立志写作，每天写，每天写……转眼间就过了半世纪。

每个行业都能“行深”，从事心灵与创作的人比较幸运，我们时时都有“般若波罗蜜多”。

无挂碍故，无有恐怖，远离颠倒梦想

我出身贫寒，从小就得到穷人的三宝：每一餐饭都吃得下，每一晚都睡得着，每一天都笑得出来。

由于生活已经到了极简的地步，久而久之，连意念、思想都回归到单纯，不会向外驰求了。

真有如“心经”所说：“以无所得故，心无挂碍。无挂碍故，无有恐怖，远离颠倒梦想”。

没有欲求的心，就没有什么挂碍了，一旦心里没有挂碍，就不会感到有什么可怕，远离了颠倒梦想。

我感谢成长经验的训练，因为我看过吃什么都不甘美的富豪，也看过晚上都睡不着的权贵，也看过每天都笑不出来的高官……那是因为拥有太多，人终究会失去生活的滋味。

心经不只是智慧的教导，也是生活的老师，世间的一切显现，最后都会成空，空不是无，而是生活的空间，生命的包容，生存的洒脱。

你有了空，山水就在其中，美好也在其中，爱与生的秘藏也都在其中！

每一箭都射中痛苦

想要“心无挂碍，无有恐怖”，就要回归到“静观”和“自在”。

每天早晨醒来，对自己说：“没有比静观更重要的事。”然后在独处时静观，在人群中静观，在动乱处静观。

每天睡觉前，对自己说：“我要摒弃诸缘，安心自在。”轻轻地、松松地、无为地、静静地睡去了。

这是有方法的，我很喜欢《阿含经》里的一段经文：

佛陀住在毗舍离猕猴池畔的重阁讲堂。

有一天，阿离尊者一大早就穿好衣服，捧着钵，到毗舍离城里去乞食。这时候，很多贵族的孩子从城里出来，到一个精舍去游玩。

他们玩着射箭的游戏，各自拿着弓箭，比赛射精舍的门孔，门孔非常细小，奇特的是，每一个孩童箭箭都能射入门孔。

阿离看了大为惊叹，没想到这些孩子能做这么困难和奇特的事。

从城里乞食回来，放回衣钵，把脚洗干净后，就来向佛陀问讯，顶礼佛足之后，向佛陀说起白日所见：

"世尊！我今天早上持钵到城里乞食，见到许多贵族的小孩从城里出来，到精舍门口，比赛向门孔射箭，结果箭箭都射中，我心里就想：这些小孩多么了不起，可以做如此困难的事。"

佛陀对阿离说：

"小孩子比赛射箭，每一箭都射中门孔，你以为很难吗？如果你拔下一根毛发，把毛发分成一百份，射中其中的一份毛发，每一箭都射中，你认为很难吗？"

阿离说："一根毛发分成一百份，射其中的一份，每箭都中，那简直太困难了！"

佛对阿离说："那种困难比起对于苦的真理如实了解，实在不算什么！对苦谛的认识，比射中百分之一的毛发还要难多了。更别说是苦业聚集的真理，消灭苦的根源的真理，灭苦成道的真理，全都如实知见，那又更难了！"

这时，佛陀随口说了一首偈：

一毛发分为百份，
射中一份很困难；
观照微细的苦受，
也是一样的困难。

照见五蕴皆空，度一切苦厄

爱与生之苦是不可逃避的，唯一的方法，是真实的观照到色、身、香、味、触转眼成空，才能度过一切的痛苦与危难。

一念一念的观照苦，一箭一箭的射中苦的根源，那要经过多么长久的努力呀！

还好，我一直是个作家，我的写作就是我的观照，我的作品就是我射出的箭。

现在，我把弓和箭都送给大家，愿大家无有挂碍，平安如意。

林清玄

2016 年春天

台北清淳斋

一心一境，心随境安

目录

无贪无痴，自在安然

心为形役，尘世牛马

时光若水，日子如莲

山水有灵，草木有情

正心修身，精进不息

无贪无痴
自在安然

步步起清风

我很喜欢禅宗的一个公案：

五祖法演禅师门下有三个杰出的弟子，佛果克勤、佛鉴慧勤、佛眼清远，时人号称“三佛”。

有一天，法演带着三个弟子，在山下的凉亭夜话，回寺的时候，灯突然灭了。

在黑暗中，法演叫每一位弟子说出自己的心境。

佛鉴说：“彩凤丹宵。”

佛眼说：“铁蛇横古路。”

佛果说：“看脚下！”

法演当场给佛果印可说：“将来传扬我的宗风只有你呀！”后来，佛果克勤禅师弘法时果然宗风大盛。

我喜欢这个公案，原因首先是它的直截了当，一个人在无灯的黑夜走路，不必思维，只要看脚下就好。其次，我喜欢它的明白平常，简单的三个字就说明了，禅的根本精神是从站立的地方安身立命，没有比脚下更重要的地方了，因为一失足就成千古恨。

“看脚下”虽然如此简明易懂，却意味深长，六祖所说的“密在汝边”，祖师所说的“会心不远”，都是在说明真正美妙的心灵经验，不必到远处去追求。

可惜大部分的人，都是舍弃了心灵的空地，去追求远处的境界，那就无法“直心是道场”，不能即刻点起已被风吹熄的烛火，继续前进。

不能看脚下的人，自然不能立定脚跟，这在禅宗里叫作“脚跟未点地”，也叫作“脚下生烟”，一个人的脚下如果生起烟雾，便无法落实于真切的生命，就好像腾云驾雾地过着虚妄的生活。

有时候我到寺庙里参访，在门槛的柱子上，或在容易跌倒的阶梯上，就会看见贴着“看脚下”三字，顿时心里一阵感动，有一种体贴之感，因为那时如果不看脚下，立刻就会跌倒了。

“看脚下”其实包括了禅宗几个重要的精神，第一个精神是要活在当下，不活在过去与未来之中。人生的忧恼，大部分是来自过去习气的牵绊，以及对未来欲望的企图，如果时刻活在现前的一境，忧恼立即得到截断，例如喝茶的时候，如果专注于喝茶，不心思外驰，立刻可以得到专注之境。这不只是开悟的境界，一般人也可以领受与体验。

马祖道一禅师开悟以后，声名大噪，他未出家前结交的几位老朋友，对马祖的开悟半信半疑，于是相约一起去见马祖，并且希望能沿路想一些问题去请

教请教。

这几位农民出发不久，就看见一头老黄牛绑在大树上，鼻子穿了一根绳子。黄牛由于不能走远，就绕这棵树行走，最后把鼻子碰在树上，又往反方向绕，越转越紧，又碰在树上，其中一位就说：“我们就拿这件事去请示马祖好了。”

再往前走不久，突然看见一只秋蝉飞来，脚跟被蜘蛛丝粘住了，飞不过去，心里一着急，吱吱大叫。蜘蛛看见秋蝉粘在树上，立刻赶过来要吃它，在这生死关头，秋蝉奋力一冲，呼噜一声，离开蛛丝飞走了。其中一位说：“我们再把这件事拿去请示马祖。”

最后，他们见到马祖，第一位就问：“如何是团团转？”

“只因绳子不断。”

“绳子断了，又如何？”

“逍遥自在去也！”

马祖的老朋友听了都很吃惊，马祖明明没见到老牛，怎么知道我们问什么呢？第二位又问：“如何是吱吱叫？”

“因脚下有丝！”

“丝断了，又如何？”

“呼噜飞去了！”

马祖的老朋友当下都得到了开启。

使人生不能自在的，是由于过去习气的绳子拉着我们团团转；使我们不能自由的，是情丝无法斩断。如果能回到脚下，一念不生，就自由自在了。

“看脚下”的第二个精神，是以平常心过日常生活，例如经常教人参“无”字公案的赵州禅师，每每对初来的人说“吃茶去！”“吃粥也未？”马祖道一也说：“吃饭时吃饭，睡觉时睡觉。”百丈怀海说的：“一日不作，一日不食。”都是在示人，以圆融的态度来过平常的生活，而不是去追求不着边际的开悟。

“看脚下”是以平等的态度来对待生活里的一切，不为某些特殊的目的而放弃对历程的深思与体验，在每一个朝夕，都能“不离当处湛然”，如果喝茶吃粥时有湛然清明的心，其尊贵至高并不逊于人间伟大的事功。

《六祖坛经》一开始时就说：“于一切时中，念念自见，万法无滞，一真一切真，万境自如如。如如之心，即是真实。若如是见，即是无上菩提之自性也。”

在每一刻的真实中，万法的真实即在其中，“掬水月在手，弄花香满衣”，掬水或弄花是平常而平等的，明月在手、花香满衣就变得十分自然。如果不能善待眼前的片刻，不就像以手捉月、舍花逐香吗？哪里可得呢？

“看脚下”的第三个精神，是以法为灯，以自为灯，去除依赖的心。

山中的烛火熄了，不仅要照看自己的脚下，还要以自己的眼睛和心灵为灯，小心地走路，这个世界上虽有许多人可以告诉我们远处美丽的风景，却没有一个人能代替我们走茫茫的夜路。

只要点燃心中的灯，一心一意地生活下去，便可以展现充实的生命。一般人无法见及生命的丰盈，不能冤于恐惧，只缘于没有脚跟着地罢了。

接着，我们的灯如果燃起，就可以照看到“看脚下”的最高境界，是云门禅师所说的“日日是好日”，不管晴、雨、悲、喜，身心都能安然，甚至于连心痛的时刻，都能知道明日可能没有心痛之境，而坦然欢喜。

“日日是好日”，表面上是“每天都是黄道吉日”的意思，但内在力更深切的意义是“不忧昨日，不期明日”，是有好的心来看待或喜或悲的今天，是有好的步伐，穿越每日的平路或荆棘，那种纯真、无染、坚实的脚步，不会被迷乱与动摇。

在喜乐的日子，风过而竹不留声；在无聊的日子，不风流处也风流；在苦恼的日子，灭却心头火自凉；在平凡的日子，有花有月有楼台；随处做主，立处皆真，因为日日是好日呀！

“看脚下”真是一句韵味深长的话，这是为什么从前把修行人走的路叫作“虎视牛行”——有老虎一样炯炯的眼神，和牛一般坚实的步伐，也叫作“华严狮子”——每一步都留下深刻的脚印。

从远的看，人生行路苍茫，似乎要走很多的步幅；从近的看，生死之间短促，只是一步之间；在每一步里，脚底都有清凉的风，则每一步都不会错过。

那么，不管灯熄灯亮，不管风雨雷电，不管高山深谷，回来看脚下吧！脚下虽是方寸，方寸里自有乾坤。

忘情花的滋味

院子里的昙花突然间开了，一共十八朵。夜里，打开院子里的灯，坐在幽暗的室内望向窗外。乳白色的昙花在灯下有一种难言的姿色，每一朵都是一幅春天的风景。

昙花是不能近看的，它适合远观，近看的昙花只是昙花，一种炫目的美丽，远观的昙花就不同了，它像是池里的睡莲在夜间醒来，一步一步走到人们的前庭后院，而且这些挺立在池中的睡莲都一起爬到昙花枝上，弯下腰，吐露出白色的芬芳。

第二天清晨花全谢了，垂着低低的头，我和妻子商量着，用什么方法吃那些凋谢的昙花，我说，昙花炒猪肉是最鲜美的一道菜，是我小时候常吃的。妻子说，昙花属于涅槃科，是吃斋的，不能与猪肉同炒，应该熬冰糖水，可以生津止咳，可以叫人宠辱皆忘。

后来我们把昙花熬了冰糖水，在春天的夜里喝昙花茶特别有一种清香的滋味，喝进喉里，它的香气仿佛是来自天的远方，比起阳明山上白云山庄的兰花茶毫不逊色——如果兰花是王者之香，昙花就是禅者之香，充满遥远、幽渺、神秘的气味。

果然，妻子说，昙花的另一个名字叫“忘情花”，忘情就是“寂焉不动情，若遗忘之者”，也就是《晋书》中说的“圣人忘情”。在缤纷灿烂的花世界里，“忘情花”不知是哪一位高人的命名，它为昙花的一生下了一个注解，昙花好像是一个隐者，举世滔滔中，昙花固守了自己的情，将一生的精华在一夜间吐放，它美得那么鲜明，那么短暂，因为鲜明，所以动人。因为短暂，才叫人难忘。当它死了之后，我们喝着用它煎熬成的昙花茶时，在昙花，它是忘情了，对我们，却把昙花遗忘的情喝进腹中，在腹中慢慢地酝酿。

由于喝昙花茶，使我想起童年时代吃昙花的几种滋味。

小时候，家后院种了一片昙花，因为妈妈是爱看昙花的，而爸爸却是爱吃昙花的。据爸爸说，最好吃的昙花是在它盛开的时候，又香又脆，可是妈妈不许，她不准任何人在昙花盛放时吃昙花，因此春天昙花开成一片白的时候，我们也只好在旁边坐守，看它仰起的头垂下才敢吃它。

爸爸吃昙花有好几种方法，第一种方法是“昙花炒猪肉”，把切成细丝的昙花和肉丝丢进锅中，烈火一炒，就是一道令人垂涎的好菜，这一道菜里昙花的滋味像是雨后笋园中冒出来的香芹，滑润、轻淡、入口即不能忘。

第二种方法是“昙花炖鸡”，将整朵的昙花一一洗净和鸡块同炖，放一点姜丝，

这一道菜里昙花的滋味有一点像香菇，汤是清的，捞起来的昙花还像活的一般。

第三种方法是“炸昙花饼”，用糖、面粉和鸡蛋打匀，把昙花沾满，放到油锅中炸到金黄色即可食，这一道菜里昙花的滋味香脆达于极致，任何饼都无法比拟。

我们童年在爸爸的调教下，几乎每个兄弟都是“食花的怪客”，我们吃过的还不只是昙花，也吃过朱槿花、栀子花、银莲花、红睡莲、野姜花和百合花，我们还吃过寒芒花的嫩芽、鸡冠花的叶、满天星的茎，以及水笔仔的幼根，每种花都有不同的滋味。那时候年纪小不知道怜香惜玉这一套，如今想起那些花魂，心中总是有一种罪过的感觉。

食花真是有罪的吗？食了昙花真能忘情吗？有一次读《本草纲目》，知道古人也是食花的，古人也食草。在《本草纲目》谈到萱草时，引了李九华的《延寿书》说：“嫩苗为蔬，食之动风，令人昏然如醉，因名忘忧。”

如果萱草“忘忧草”的名是因之而起，我倒愿意为昙花是“忘情花”下一注解：“美花为蔬，食之忘情，令人淡然超脱，因名忘情。”

“忘情花”的滋味是宜于联想的，在我们的情感世界里，“忘情”几乎是不可能的境界，因为有爱就有纠结，有情就有牵缠，如何在纠结牵缠中能拔出身来，走向空旷不凡的天地，就要像“忘情花”一样在短暂的时间里开得美丽，等凋萎了以后，把那些纠结牵缠的情经过煎、炒、煮、炸的锻炼，然后一口一口吞入腹里，并将它埋到心底最深处，等到另一个开放的时刻。

每个人的情感都是有盛衰的，就像昙花即使忘情，也有兴谢。我们不是圣人，不能忘情，再好的歌者也有恍惚失曲的时候，再好的舞者也有乱节而忘形的时刻，我们是小小的凡人，不能有“爱到忘情近佛心”的境界，但是我们可以“藏情”，把完成过、失败过的情爱像一幅卷轴一样卷起来放在心灵的角落，让它沉潜，让它褪色，在岁月的足迹走过后打开来，看自己在卷轴空白处的落款，以及还鲜明如昔的刻印。

我们落过款、烙过印；我们惜过香、怜过玉；这就够了，忘情又如何？无情又如何？

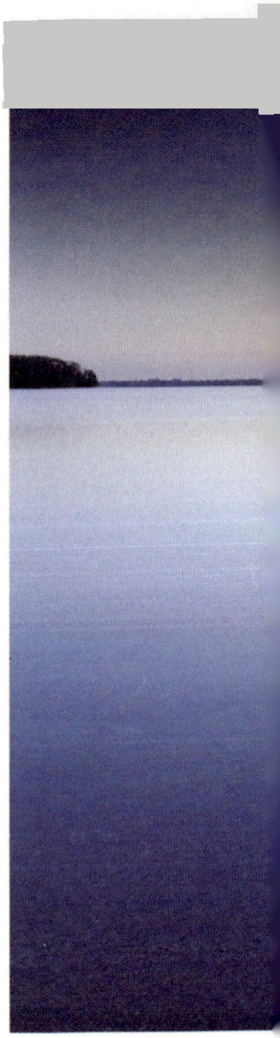

柔软心

一

我多么希望，我写的每一个字、每一篇文章都洋溢着柔软心的味道，我的每一个行为都有如莲花的花瓣，温柔而伸展。

因为我深信，一个作家在写字时，他画下的每一道线都有他人格的介入。

二

日本曹洞宗的开宗祖师道元禅师，传说他航海到中国来求禅，空手而来，空手而去，只得到一颗柔软心。

这是令人动容的故事，许多人认为道元禅师到中国求柔软心，并把柔软心带回日本。其实不然，柔软心是道元禅师本具的，甚至是人人本具的，只是，道元若不经过万里波涛，不到中国求禅，他本具的柔软心就得不到开发。

柔软心不从外得，但有时由外在得到启发。

三

学禅的人若无柔软心，禅就只是一种哲学，与存在主义无异。

柔软心并不是和稀泥一样的泥巴，柔软心有着包容的见地，它超越一切，包容一切。

柔软心是莲花，因慈悲为水、智慧作泥而开放。

四

有人问我："为什么草木无心，也能自然地生长、开花、结果，有心的人反而不能那么无忧地过日子？”

我反问道：“你非草木，怎么知道草木是无心的呢？你说人有心，人的心又在哪里呢？假若草木真是无心，人如果达到无心的境界，当然可以无忧地过日子。”

“凡夫”的“凡”字就是中间多了一颗心，刚强难化的心与柔软温和的心并无别异。

具有柔软心的人，即使面对的是草木，也能将心比心，也能与草木至诚地相见。

五

追鹿的猎师是看不见山的，捕鱼的渔夫是看不见海的。

眼中只有鹿和鱼的人，不能见到真实的山水，有如眼中只有名利权位的人，永远见不到自我真实的性灵。

要见山，柔软心要伟岸如山；要见海，柔软心要广大若海。

因为柔软，所以能包容一切，涵摄一切。

六

人在遇到人生的大疑、大乱、大苦、大难时，若未被击倒，自然会在其中超越而得到“定”，因定而得到清明，由清明而能柔软。

在柔软中，人可以和谐、单纯，进而达致意识的统一。

野狐禅、口头禅，最缺乏的就是柔软心，有柔软心的禅者不会起差别，不会贬抑净土，或密宗，或一切宗派，乃至一切众生。

七

有欲念，就有火气；有火气，就有烦恼。

柔软心使欲念的火气温和，甚至消散，当欲念之火消散了，就是菩提。

从烦恼到菩提的开关，就是柔软心。

八

佛陀教我们度化众生，并没有教我们苛求众生。我们要度化众生，应在心中对众生没有一丝丝苛求，只有随顺。众生若可以被苛求，就不会沦为众生了。

随顺，就是处在充满仇恨的人当中，也不怀丝毫恨意。

随顺，就是随着充满黑暗的世界转动，自己还是一盏灯。

随顺，就是看任何一个生命受苦，就有如自己受苦一般。

随顺，是柔软心的实践，也是柔软心点燃的香。

宁静海

孩子从学校带回一盒蚕宝宝。据他说，现在学校里流行养蚕，几乎人手一盒。

面对那些纯白的小生命，我感到烦恼了，因为养蚕的事看来容易，实践却很难。我童年的时候养过许多次蚕，最后几乎都注定了失败的命运，并不是蚕养不活，而是长大以后它吐茧结蛹，羽化为蛾，生出更多的小蚕，繁殖得太快，不是桑叶不够吃，就是没地方放置，最后，总是整盒带到郊外的桑树上放生。

那时候山里的桑树很多，甚至我家的后院都有几棵桑树，通常我们都是去山里采桑叶，只在不得已的情况下才摘家里的。

想一想，在桑叶那么充沛的时候，养蚕都会失败，何况是现在呢？

孩子养蚕的桑叶是买自学校的福利社，一包十元，回来后他把桑叶冰在冰箱里免得枯萎，我看他忙得不亦乐乎，却想到，万一学校福利社的桑叶缺货呢？

果然，没有多久，一天孩子满头大汗地从学校回来说："爸！糟了！天下大乱了！学校的桑叶缺货！"那天下午，我带他到台北市郊几个可能有桑树的地方去，都找不到一棵桑树，黄昏回程的时候，他垂头丧气地坐在车里，突然眼睛一亮："爸爸，我们用别的树叶试试！"

"没有用的，千百年来蚕就是吃桑叶长大的，它不可能吃别的叶子。"我说。

孩子说："真的饿死也不吃别的树叶吗？我不信！"

“那么，你试试看！”

孩子兴奋地把家里种的树叶各摘下一片，把冰箱里的菜叶也找来了，不管他放下什么叶子，蚕总是无动于衷，甚至连动也不动一下，虽然它们看起来是那么饥饿，饿得快死了，也不肯动口尝尝别的叶子。

试过所有的叶子，孩子长叹一声：“哎呀，这些蚕怎么这样想不开？吃几口别的树叶会死吗？”

他坐在那里发了半天呆，突然问我说：“如果，如果，一只蚕从生下来就让它吃别的树叶，不让它吃一口桑叶，它会不会吃呢？”

“你试试看吧！”

为了寻求这问题的答案，他更乐于养蚕（幸好第二天福利社的桑叶就送来了）。蚕儿长大、成蛹、化蛾、产卵……当黑色像眼睫毛一样的小蚕孵化出来的那一刻，孩子就喂给它别的树叶，结果它们的固执和父母一样，连第一口都不肯吃。最后孩子不得不把桑叶放进去，它们立刻欢喜地开口大吃了。

小蚕对桑叶的固执执着，令我非常吃惊，它们的执着显然不是今生的习惯，而是来自遥远前世的记忆，否则不会连生平的第一口都那么执着。

面对蚕的执着，孩子学到了什么呢？他说："蚕的心，我们是不会知道的啦！"

是呀，蚕的心潜藏着轮回的秘密，孕育着业力的神秘，包覆着习气的熏习，或者是像海一样深不可测的。当然这些都无从查考，唯一可知的是它只吃桑叶（古今中外的蚕都如此），它只吐一种明亮、柔软、坚韧的丝（古今中外的蚕也都如此）。

世界的众生何尝不如此呢？每一个生命的内在世界都深奥一如海洋。以蚕的近亲飞蛾来说吧！它们世世代代寻火而扑，在火中殉身，永不疲厌，是为了什么？以蚕的远亲蝴蝶来说吧，同一品种的蝴蝶，花纹世世代代均不改变，甚至身上的斑点不会多一个或少一个；而它们世世代代只吃花蜜，不肯改一下口味，这是为什么呢？

众生都有不能破除的执着，小似无知的昆虫到大似灵敏的人，都是如此，众生的识执都有如海洋，广大，难以探测，不能理解。

在我们理想中的宁静、澄澈、深湛、光明的自性之海，要经过多么长远的时光，才能开显呀！

从一枚小小的桑叶，一只小小的蚕，我也照见了自己某些尚未破尽的烦恼。

生命的酸甜苦辣

朋友请我吃饭，餐桌有一道菜是生炒苦瓜，一道是糖醋豆腐，一道是辣椒炒干丝。我看了桌上的菜不禁莞尔，说：“今天酸甜苦辣都到齐了。”朋友仔细看看桌上的菜，不禁拍案大笑。

这使我想到，即使是植物，都各有各的特性：甘蔗是头尾皆甜，柠檬则里外是酸，苦瓜是连根都苦，辣椒则中边全辣，它们这种特性，经过长时间的藏放也不失去，即使将它碎为微尘粉末，其性不改。还有一些做药材的植物，不管制成汤、膏、丸、散，或经长久的熬煮，特质也不散灭。

我们生活中的心酸、甜蜜、苦痛、辛辣种种滋味，不亦如植物的特性吗？一旦我们品尝过了，似乎就永不失去。在我们的生命情境中，有很多时候，是酸甜苦辣同时放在一桌的，一个人不可能永远挑甜的吃，偶尔吃点苦的、辣的、酸的，有助于我们品味人生。

在酸甜苦辣的生命经验更深刻之处，有没有更真实的本质呢？

若说柠檬以酸为本性，辣椒以辣为本性，甘蔗以甜为本性，苦瓜以苦为本性，那么人的本性又是什么呢？

我们常说“这个人本性不良”或“那个人本性善良”，可是，我们常看到素性不良的人改邪归正，又常见到公认本性良善的人却堕落了，这种本性似乎是“可转”“能改变”的，因此我们语言上所说的“本性”，事实上只是一种“熏习”，是习气的长期熏染而表现在外的，并不是最深刻的自我。

习气，是一种莫名其妙的偏执，正如嗜吃辣椒与柠檬的人，说不出是什么原因。但人生的一切烦恼正是由这种偏执而产生，偏执是可矫正的，矫正的方法就是中道，例如柠檬虽是至酸之物，若与甘蔗汁中和，就变得非常可口。去除习气只有利用中和的方法，人最大的习气不外乎是贪、嗔、痴，贪应该以“戒”来中和，嗔应该以“定”来中和，痴应该以“慧”来中和。一个人时时能中和自己的习气，就能坦然地面对生活，不至于被习气所左右。

我国有一个有名的民间传说，相传汉朝有一位姓孟的女子，幼读儒书，长大学佛，普遍得到乡里的敬爱，年老以后被称为“孟婆”。她死后成为幽冥之神，建了一座“酝忘台”，在阴阳之界投胎必经之路。孟婆取甘、苦、酸、辛、咸五味做成一种似酒非酒的汤，称为“孟婆汤”，投胎的人喝了这种汤就完全忘记前世，然后走入今生甘苦酸辛咸的旅程。

传说每一个魂魄入胎之前，各种滋味都要尝上点才能投胎，这是为什么人人都要在一生遍尝五味的缘由。传说又说，有的人甜汤喝多了，日子就过得好些；有的人苦汁喝得多，这一生就惨兮兮。

“孟婆汤”的传说非常有趣，启示我们：既然投生为人，就不可能全是甜头，生命里是有各种滋味的。

甘、苦、酸、辛、咸既是人生的五味，我们就难以只捡甜的来吃，别的滋味也多少会尝一些，如果是不可避免的，就欢喜地吃吧！

想想看，人生如果是一桌宴席，上桌的菜若都是蛋糕、甜汤，也是非常可怕的呀！

片叶不沾身

朋友带我去看一位古董收藏家的收藏，据说他收藏的都是国宝级的东西，随便拿一件来都是价逾千万。

我们穿过一条条的巷弄，来到一家不起眼的公寓前面，我心中正自纳闷，国宝级的古董怎么会收藏在这种地方呢?

收藏家来开门了，连续打开三扇不锈钢门，才走进屋内。室内的灯光非常幽暗，等了几秒钟，我才适应了室内的光线，这时才赫然看到整个房子堆满古董，多到连走路都要小心，侧身才能前进。

到处都是陶瓷器、铜锡器，还有好多书画卷轴像是满天星一样拥挤地插在水缸里，主人好不容易带我们找到沙发（沙发也是埋在古物堆中），经过一番清理，我们才得以落座。

我不知道怎样才能形容那种感觉，古董过度拥塞，使人仿佛置身在垃圾堆中。我想到，任何事物都不能太多，一到“太”的程度，就可怕了。

我们都喜欢蝴蝶，可是如果屋子里堆满蝴蝶，就不美了，再想到蝴蝶就会生满屋的毛毛虫，那多可怕。

我们都喜欢鸟，但鸟如果太多，也是会伤人的，希区柯克的名作《鸟》，那恐怖的情景想起来汗毛都要竖起。

正在出神的时候，主人端出来一个盘子，但盘子里装的不是茶水或咖啡，而是一盘玉。因为我的朋友向主人吹嘘我是个行家，虽然我据实地极力否认，主人只当我是谦虚，迫不及待地拿他的收藏要给我“鉴赏”了。

既是如此，我也只好一件一件地鉴赏，并极力地称赞，在说一块茶色的玉时，我心里还想：为什么端出来的不是茶水呢？

看完玉石，我们转到主人的卧房看陶器和青铜，我才发现主人的卧室中只有一张床可以容身，其余的从地板到屋顶，都堆得密不透风。

虽然说这些古董都是价逾千万，堆在一起却感觉不出它们的价值。后来又看了几个房间，依然如此。最令我吃惊的是，连厨房和厕所都堆着古董，主人家已经很久没有开伙了。

古董的主人告诉我，他为什么选择居住在陋巷，是因为台北的治安太坏，恐引起歹徒的觊觎。而他设了那么多的铁门，有各种安全功能，一般人从门外窥探他的古董，连一眼也不可得。

朋友补充说：“他爱古物成痴，太太孩子都不能忍受，移民到国外去了。”

古董的主人说：“女人和小孩子懂什么？”

我对他说：“你的古物这么值钱，又这么多，何不卖几件，买一个大的展示空间，让更多人欣赏呢？这样，房子也不会连坐的地方都没有呀！”

他说，好的古董一件也不舍得卖。

他说，而且那些俗人懂得什么古董！

告辞出来的时候，我感到有一些悲哀，再怎么了不起的古董，都只是“物件”，怎么比得上有情的人？再说，为了占有古董，活着的时候担惊受怕，像囚犯困居于数道铁门的囚室，像乞丐住在垃圾堆中，又何苦来哉！

何况，有一天这个人会离开世界，就像他手中的古董从前的主人一样，总有

一刻，会两手一放，一件也不能带走。真正的拥有，不一定要占有，真正的古董鉴赏家，不一定要做收藏家；偶尔要欣赏古董，到台北故宫博物院走走，花四十元门票，就能看真正国宝级的古物。累了，花八十五元在三希堂喝台北故宫特选的乌龙茶，生活不是非常惬意吗？回到家，窗明几净，也不需要三道铁门来保卫，也不需要和无情的东西争位置，役物而不役于物，不亦快哉！

我们的生命如此短暂，有所营谋，必有所烦恼；有所执着，必有所束缚；有所得，必有所失。

我们如果把时间花在财货上，就没有时间花在心灵上。

我们如果日夜为欲望奔走，就会耗失自己的健康。

我们如果成为壶痴、石痴、玉痴、古物痴，就会忘失有情世间的珍贵。

有一位股市的大户告诉我，他只要一个早上在股市就可以赚一千万。

我说：“一个早上赚一千万看起来很多，总有一天你会发现一千万买不到一个早上。”

何况一千万的得失是很难说得清的，陪家人在河边散步值不值一千万呢？读到一本开智慧的好书值不值一千万呢？有一个早上的觉悟之心，值不值一千万呢？

好好吃一顿饭、欢喜喝一杯茶，一日喜乐无恼、一夜安眠无梦，又是价值多少？

“百花丛里过，片叶不沾身。”那样的生活才是我们向往的生活，百花丛里是“有情”，片叶不沾身是“觉悟”。

我想起许多年以前，朋友送我一个名贵的古董茶壶，我欢喜地收下了。过几天，朋友说送错了，来要回去，我欢喜地还给他了。

世间的事物来来去去，我还是我。

人我是非、利害得失去去来来，我们既未增加，也不减少。

误解与赞赏、批评与歌颂，都像庐山的烟雨和浙江的潮汐，原来一物也无！

去年春天最好的春茶，放到今年也要失味，所以，今年要喝今年的春茶。

年年的春茶都好，我眼前的这个粗陶茶杯就很好了，古董、古物、钻石、珍珠，乃至一切的背负，留给那些愿意背负的人吧！

情困与物困

我有一个朋友，爱玉成痴。

他不管在何时何地见到一块好玉，总是想尽一切办法据为己有，偏偏他又不是很富有的人，因此在收藏玉的过程中，吃了许多苦头，有时到了节衣缩食三餐不继的地步。

有一回，他在一个古董商那里见到了一个白玉狮子，据说是汉朝的，不论玉质、雕工全是第一流的。我的朋友爱不忍释，工作也不太做了，每天都跑去看那块玉，看到眼睛都发出红火，人被一团火炙热地燃烧。

他要买那块玉，古董店的老板却不卖，几经折腾，最后，我的朋友牺牲了他所居住的房子，才买下了那个白玉狮子，租住在一个廉价的住宅区里。

他天天抱着白玉狮子睡觉，出门时也携带着，一遇到人就拿出来欣赏，自己单独的时候，也常常抚摸那个洁白的狮子发呆。除了这个狮子，他身上总随时携带着他最心爱的收藏，有时候感觉到一个男子，从口袋里、腰带间、皮包内随时掏出几块玉来，真是不可思议的事。

他玩玉到了疯狂的地步，由于愈玩愈精，就更发现好玉之难求，因为好玉难求，所以投入了全部的家当，幸好他是个单身汉，否则连老婆也会被他当了。到最后，他房子也卖了，车子也没有了，工作也丢了，为什么丢掉工作呢？说来简单："我要工作三年，才能买一件上好的玉，这样的工作不做也罢了！"

朋友成为家徒四壁的人，每天陪伴他的只有玉了。后来不成了，因为玉不能吃，不能穿，只好把最心爱的玉里等级比较差的卖给别人，每卖一件就落一次泪，说："我买的时候是几倍的价钱，现在这么便宜让给别人，别人还嫌贵。"

有一次，他租房子的房东逼着要房租。逼得急了，他一时也找不到钱，就把白玉狮子拿了出来，说："这块玉非常名贵，先押在你这里，等我筹足了房钱，再把它赎回来。"可惜他的房东是个老粗，对他说："俺要这臭石头干什么！万一不小心打破了，还嫌烦呢！你明天找房钱来，不然我把你丢出去！"

朋友对我讲这个故事的时候，泣不成声。在痴爱者眼中的白玉狮子是无可比拟的，可以用房子去换取，然而在平常百姓的眼中，它再名贵，也只是一块石头。

有一次我在台北故宫博物馆看玉的展览，正好遇到了乡下的一个旅行团，几个乡下的中年妇女看玉看得饶有兴趣，我凑过去，发现他们正围着那个最有名的国宝"翠玉白菜"观看，以下是他们对话的实录：

"哇！真巧，雕得和真的一模一样，上面还有一只肚猴呢！"

"这个刻得那么像，一个大概是值好几千块吧！"

一位看起来是权威人士的女士说："什么好几千，这一个一定要好几万才买得到！"

我把这个故事说给朋友听，他因此破涕为笑，我说："你看台北故宫博物院的好玉何止千万块，尤其是小品珍玩的部分，看起来就知道曾有一位爱玉的人在上面花下无数的心血，可是他死的时候不能带走一块玉，我们现在看那些玉也不知道它曾经有过多少主人，对于玉，能够欣赏的人就算拥有了，何必一定要抱在手里呢？佛经里说"智者金石同一观"就是这个道理。

"爱玉固然是最清雅的嗜好，但一个人爱玉成痴，和玩股票不能自拔，和沉

迷于逸乐又有什么不同呢？”

朋友后来彻底地觉悟，仍然喜欢着玉，却不再被玉所困，只是有时他拿出随身的几块玉还会感慨起来。

物固然是足以困人，情更比物要厉害百倍。对于情的执迷，为情所困，就叫“痴”，痴是人世间的三毒之一（另外两毒是贪与嗔）。情困到了深处，则是三毒俱现，先是痴迷，而后贪爱，最后是嗔恨以终。则情困是一切烦恼的根源，没有比这个更厉害了。

被情爱所系缚，被情爱所茧结，被情爱所迷惑，被情爱所执染，几乎是人间不可避免的，但当情爱已经消失的时候，自己还系缚茧结自己，自己还迷惑执着自己，这就是真正的情困。

有一次我遇到一位中年妇女，她的朋友都已经儿女成群，可是她没有结婚，没有结婚的理由很简单，因为她忘不了二十年前的一段初恋。

她的初恋有什么不凡吗？为何她不能忘却？其实也没有，只是一个少男一个少女在学校里互相认识了，发誓要长相厮守，最后这个男的离开了，少女独自过着孤单的心灵生活，一过就是二十年。

这么普通的故事，她也说得眼泪涟涟，接着她说：“不过，这也都是过去的事了。”

我说："在时间上，你的故事已经过去了，实际上一点也没有过去，因为你的心灵还被困居在里面。到什么时候才算过去呢？就是你想起来的时候，充满了包容和宽谅，并且不为它所烦恼，那才是真正过去了。"

"做得到吗？"

"做得到的。在这个世界上为情所沉溺的人固然很多，但从沉溺中走到光明的岸上的人也不少。因为他们救拔了自己，不为情所困。"

我把情说成是沉溺，把救拔说成是走到光明的河岸，是有道理的。我们在祝福一对新人时，最常用的一句话是"永浴爱河"。

"爱河"的譬喻出自《华严经》，《华严经》上说："随生死流，入大爱河。"为什么说是爱河呢？由于爱欲和河一样具有三种特性，第一种是容易使人沉溺，不易自拔。第二种是爱欲的心就像河水一样，能浸染人最深的地方，例如我们用铁锤击石，石头会碎裂，但不能击碎每一个分子，可是如果我们把石头丢入河里浸染，它可以湿濡石头的任何一个分子，年深日久甚至把它分解成粉末。第三种是难以渡越，不管是贩夫走卒，王公将相，都无法一步跨过河的对岸，同样的，第一步从爱的束缚中走过也非常不易。

我想起《杂阿含经》里记载的一个故事：有一次释迦牟尼对弟子说法。他问他们："你们认为是天下四个大海的水多，还是在过去遥远的日子里，因为和亲爱的人别离所流的眼泪多呢？"

释迦牟尼的意思是，从遥远的过去，一生而再生的轮回里，在人无数次的生涯中，一定反复不知多少次遇到过父母的死，那些眼泪累计起来，正不知有多少！在遥远的无数次生涯中，反复不知多少次遇到孩子的死，或者遇到朋友的死啊！或者遇到亲属的死啊！在每一个为所爱者的生死离别含悲而所流的眼泪，纵是以四个大海的海水，也不能相比啊！

这是多么可叹可悲，人因为情苦与情困，不知道流下多少宝贵的泪珠。情困如此，物困亦足以令人落泪。束缚在情与物中的人固然处境堪怜，究竟不能算第一流人物。什么是第一流人物呢？古人说：“岭上多白云，只可自怡悦，不堪持赠君，自是第一流人物。”

第一流的人物看白云虽是至美，却不想拥有，只想心领神会，这是多么高的境界。当我们知道其实在今生今世，情如白云过隙，物则是梦幻泡影，那么还有什么可以抱老以终的呢？

第一流人物犹如一株香花，我们不能说这株花是花瓣香，也不能说是花茎香；我们不能说是花蕊香，也不能说是花粉香；当然不能说是花根香，也不能说是花叶香……因为花是一个整体，当我们说花香时，是整株花的香。困于情物的人，往往只见到自己的那一株花里的一小部分的香，忘失了那株花，到后来失去了自己，因此，这样的人不能说是第一流的人物。

第一流的人物，不在于拥有多少物，拥有多少情，而在于能不能在旧物里找到新的启示，能不能在旧情里找到新的智慧，进出无碍。万一不幸我们正在困局里，那么想一想；如果我是一只蛹，即使我的茧是由黄金打造的，又有什么用呢？如果我是一只蝶，身上色彩缤纷，可以自在地飞翔，则即使在野地的花间，也能够快乐地生活，又哪里在乎小小的茧呢？

可叹的是，大多数人舍不得咬破那个茧，所以永远见不到真正的自我，真正的天空。

欢乐中国节

传说在中国有三位修行者，没有人知道他们的名字，只知道他们是爱笑的圣人，因为当人们看到他们时，他们总是在笑，从一个城市笑到另一个城市。

每到一个城市，他们就会在市场、街道，或广场中央大笑，使附近的人都围着他们，慢慢地，本来迟疑的人也走过来了，像口渴的人走向井边，顾客忘了他们要买什么，店主把店铺关了，一起到这三个人的旁边，看他们笑。

他们的笑是那么自在、那么无碍、那么优美、那么光辉，使旁观的人都深深地感动了，因为生活在市集里的人从没有那样笑过，甚至已经忘记人可以那样笑着。

他们的笑会感染，旁观的人开始笑，然后所有的人都笑了，就在几分钟前，那市场是个丑陋的地方，人们有的只是贪婪、嗔恨、愚痴，卖的人只想到钱和渴望钱，买者则只想贪小便宜，他们的笑改变了市场的气氛，使所有的人汇成一体，欢欣、无私、互相欣赏，就好像很久才有一次的节庆。

人们先是笑，忘记了是要买或卖，随后，人们真心笑了，最后甚至围着三个人忘情地跳舞，仿佛进入一个新世界。

由于这三个人所到之处，都带着欢笑，使他们行经之地都变成天堂，所有的人都喜欢见到他们，称他们是“三个爱笑的圣人”。

当圣人的名字传扬开来，就有人问道：“给我们一些启示，教导我们一些真理吧！”

他们总是说：“我们没有什么好说，只是不断地笑！”

他们走遍全中国，从一地到另一地、从城市到乡村，帮助人们去笑，去开发内在的笑意，凡是悲伤、哀痛、贪婪、嗔恨、愚笨的人都跟着他们笑，慢慢地，人们懂得笑了，生命就得到了崭新的蜕变，就像是一只丑陋爬行的虫化成了斑灿自由的彩蝶。

他们的日子就在笑中度过。

有一天，三个爱笑的圣人之一过世了，村人聚集着说：“他们的友谊那么好，现在另外两位一定会哭吧！他们不可能再笑了。”

但是，当村民看到那两位时都吃了一惊，因为他们正在笑，在唱歌跳舞，在庆祝最好的朋友离开了这个世界。

村民充满疑惑，并且有一点生气地说：“你们这样太过分了，一个人死了是多么悲伤的事，你们还笑、还跳舞，这对死去的人是多么不敬！”

两个微笑的圣人说：“我们的一生都在笑里度过，我们必须欢笑，因为对一位一生都笑的人，欢笑是最好的，也是唯一的告别。而且，我们不觉得他过世了，因为生命不死，笑着离开的人一定会笑着回来！”

笑是永恒的，就像波浪推动，而海洋不变；生命是永恒的，就像演员下台了，戏剧仍在进行；大化是永恒的，花开花落，树却不会枯萎。可惜，村民不能了解这些，所以那天只有他们两个人在笑。

尸体要焚化之前，村民说：“依照仪式，我们要给他洗澡，换一套干净的衣服。”

但是两个微笑的圣人说：“不！我的朋友生前就吩咐不举行任何仪式，只要按照他原来的样子放在焚化台上面就好了。”于是，死者被以本来面目放在焚化台上焚烧。

当火点燃的时候，突然之间，烟火四射，原来那个老人在他的衣服里藏着许多节庆的鞭炮和烟火，作为他送给观礼者的礼物。

烟火飞扬到高空，爆开时有各种缤纷的颜色，闪亮的火光照耀了整个村落。

本来微笑的圣人疯狂地笑了起来，村民也笑起来了，马路、树木、花草，甚至焚烧尸体的火焰都在笑着，然后大家开始快乐地跳舞，过了村落有史以来最大的庆祝会，在欢笑与跳舞的时候，大家感觉到那不是一个死亡，而是一个新生命的开始、一个全新的复活。

最后大家都知道了：如果能改变死亡的悲伤，知道生死的实相，人就不会有什么损失了！

对我们来说，只有当我们知道快乐与悲伤是生命必然的两端时，我们才有好的态度来面对生命的整体。

如果生命里只有喜乐，生命就不会有深度，生命也会呈单面的发展，像海面的波浪。如果生命里只有悲伤，生命会有深度，但生命将会完全没有发展，像静止的湖泊。唯生命里有喜乐有悲伤，生命才是多层面的、有活力的、有深度又能发展的。

遇到生命的快乐，我要庆祝它！遇到生命的悲伤，我也要庆祝它！庆祝生命是我的态度，不管是遇到什么！快乐固然是热闹、温暖，悲伤则是更深刻的宁静、优美，而值得深思。

在禅里，把快乐的庆祝称为“笑里藏刀”——就是在笑着的时候，心里也藏着敏锐的机锋。把悲伤的庆祝称为“逆来顺受”——就是在艰苦的逆境中，还能发自内心的感激，用好的态度来承受。

用同样的一把小提琴，可以演奏出无比忧伤的夜曲，也可以演奏出非凡舞动的欢乐颂，它所达到的是一样伟大、优雅、动人的境界。人的身心只是一个乐器，演奏什么音乐完全要靠自己。

所以，即使在最悲伤的时候，也让我们过欢乐中国节吧！

求 好

有好多人喜欢讲生活品质，他们认为花的钱多、花得起钱就是生活品质了。

于是，有愈来愈多的人，在吃饭时一掷万金，在置衣时一掷万金，拼命地挥霍金钱，当我们问他为什么要如此，他的回答是理直气壮的——“为了追求生活品质！为了讲究生活品质！”

生活？品质？

这两样东西到底意味着什么呢？

如果说有钱能满足许多的物质条件就叫生活品质，是不是所有的富人都有生活品质，而穷人就没有生活品质呢？

如果说受教育就会有生活品质，是不是所有的大学生都有生活品质，没有受教育的人就没有生活品质呢？

如果说都市才有生活品质，是不是乡下人就没有生活品质呢？是不是所有的都市人都有生活品质呢？

答案都是否定的，可见生活品质乃不是某一阶层、某一地区，或甚至某一时代的专利。古人也可以有生活品质，穷人、乡下人、农夫都可以有生活品质。因为，生活品质是一种求好的精神，是在一个有限的条件下寻求该条件最好的风格与方式。

工匠把一张桌子椅子做到最完美而无懈可击的地步，是生活品质。

农夫把稻田中的稻子种成最好的收成，是生活品质。

穷人买一个馒头果腹，知道同样的五块钱在何处可以买到最好品质的馒头，是生活的品质。

家庭主妇买一块豆腐，花最便宜的钱买到最好吃的豆腐，是生活品质。

整个社会都能摒弃那不良的东西，寻求最好的可能，这个社会就会有生活品质了。因此，我们对生活品质最大的忧虑，乃不是小部分人的品味不良，而是大部分人失去求好的精神了。

在一个失去求好精神的社会里，往往使人误以为摆阔、奢靡、浪费就是生活品质，逐渐失去了生活品质的实相。进而使人失去对生活品质的判断力，只好追逐名牌，用有名的香水、服装、皮鞋，以至名建筑师盖的房子，来肯定自我的生活品质，这是为什么现代社会名牌泛滥的原因。

有钱人从头到脚，从房子到汽车，从音响到电视用的都是名牌，那些名牌多得让人忘了自己的名字。

一般人欣羡之余，心生卑屈，以为那是生活品质，于是想尽方法不择手段去追求“生活品质”，甚至弄到心力交瘁、含恨而死。君不见被警察抓到的大流氓乃至小妓女，戴劳力士，开进口车，全身都是名牌吗？

真正的生活品质，是回到自我，清楚衡量自己的能力与条件，在这有限的条件下追求最好的事物与生活。再进一步，生活品质是因长久培养了求好的精神，因而有自信、有丰富的心胸世界；在外，有敏感直觉找到生活中最好的东西；在内，则居陋巷而依然能创造愉悦多元的心灵空间。

生活品质就是如此简单；它不是从与别人比较中来的，而是自己人格与风格求好精神的表现。

一心一境
心隨境安

清风匝地，有声

在日本神户港，我们把汽车开进“英鹤丸”渡轮的舱底，然后登上最顶层的甲板看濑户内海。

这一次，我从神户坐渡轮要到四国，因为听说四国有优美而绵长的海岸线，还有几处国家公园。四国，是日本四大岛中最小的一岛，并且偏处南方，所以是外籍观光客较少去的地方，尤其是九月以后，天气寒凉，枫叶未红，游人就更少了。

从前，要到四国一定要乘渡轮，自从几条横跨濑户内海的长桥建成以后，坐渡轮的人就少了。有很多人到四国去不是去看海、看风景的，只是为了去过桥，像“鸣门大桥”是颇有历史的，而新近落成的“濑户大桥”则是宏伟气派，长达十公里，听说所用的钢筋围起来可以绕地球一圈半了，许多人到四国来，只为了看濑户大桥粗大的水泥与钢筋，对我而言，要过海，坐渡轮总是更有情味，人生里如果可以选择从容的心情，为什么不让自己从容一点呢？

“英鹤丸”里出乎想象的冷清，零落的游客横躺在长椅上睡觉，我在贩卖部买了一杯热咖啡，一边喝咖啡，一边依在白色的栏杆上看濑户内海，濑户内海果然与预想中的一样美，海水澄蓝如碧，天空秋高无云，围绕着内海的青山，全是透明的绿，这海山与天空的一尘无染，就好像日本传统的茶室，从瓶花到桌椅摸不出一丝尘埃。

在我眼前的就是濑户内海了，我轻轻地叹息着。

我这一次到日本来，希望好好看看濑户内海是重要的行程，原因说来可笑，是因为在日本的书籍里读到一则中国禅师与日本禅师的故事。

故事大意是这样的：有一位中国禅师到日本拜访了一位日本禅师，两人一起乘船到濑户内海，那位日本禅师是曾到过中国学禅，亲身感受过中国的山水的。

在船上，日本禅师说："你看，这日本的海水是多么清澈，山景是多么翠绿！看到如此清明的山水，使人想起山里长在清水里那美丽的山葵花呀！"言下有为日本的山水感到自负的意味。

中国禅师笑了，说："日本海的水果然清澈，山景也美。可惜，这水如果再混浊一点就更好了。"

日本禅师听了非常惊异，说："为什么呢？"

"水如果混浊一点，山就显得更美了。像这么清澈的水只能长出山葵花，如果混浊一点，就能长出最美丽的白莲花了。"中国禅师平静地说。

日本禅师为之哑口无言。

这是禅师与禅师间机锋的对句，显然是中国禅师占了上风，但我在日本书上看到过这则故事，却令我沉思了很久，颇能看见日本人谦抑的态度，也恐怕是这种态度，才使千百年来，濑户内海都能保持干净，不曾受到污染。反过来说，中国人因为自许污水里能开出莲花，所以恣情纵意，把水弄脏了，也毫不在意。

不仅濑户内海吧！我童年时代，家乡有几家茶室，都是色情污秽之地，空间窄小，灯光黯淡，空气里飘浮着酸气、腐臭与霉味，地上都是痰渍。因为我有一位要好的同学是茶室老板的儿子，不免常常要出入，每次我都捂着鼻子走进去，走出来时第一件事则是深呼吸，当时颇为成年男子可以在那么浊劣的地方盘桓终日而疑惑不已，当然也更同情那些卖笑的"茶店仔查某"了。

有一次，同学的父亲告诉我，茶室原是由日本传来，从前台湾是没有茶室的。我听了就把乡下茶室的印象当成是日本人印象，心想日本民族真怪，怎么喜欢在下流的茶室不喝茶，却饮酒作乐呢？直到第一次去日本，又到几家传统茶室喝茶，简直把我吓坏了，因为日本茶室都是窗明几净、风格明亮，连园子里的花草都长在它应该长的地方，别说是色情了，人走进那么干净的茶室，几乎一丝不净的念头都不会生起，口里更不敢说一句粗俗的话，唯恐染污了茶盘。怪不得日本茶道史上，所有伟大的茶师都是禅师！

同样是“茶室”，在日本与台湾却有截然不同的风貌，对照了日本禅师与中国禅师的故事就益发令人感慨了，由小见大，山水其实就是人心，要了解一个地方人的性格，只要看那地方的山水也就了然了。山且不论，看看台湾的水，从小溪、大河，到湖泊、沿海，无不是鱼虾死灭、垃圾漂流、污油朵朵、浮尸片片，我每次走过我们土地上的水域，就在里面看到了人心的污渍，在这样脏的水中想开出一朵白莲花，简直不可思议，需要多么大的勇气！多么大的坚持！与多么大的自我清净的力量！

我坐在濑户内海上的渡轮里，看到船后一长条纯白的波浪时，就仿佛回到了中国禅师与日本禅师在船上的对话的场景与心情，在污泥秽地中坚持自我品质的高洁是禅者的风格，可是要怎么样使污秽转成清明则是菩萨的胸怀，要拯救台湾的山水，一定要先从台湾的人心救起，要知道，长出莲花的地方虽然污秽，水却是很干净的。

记得从前我当记者的时候，曾为了一个噪音与污染事件去访问一家工厂的负责人，他的工厂被民众包围，压迫停工，他却因坚持而与民众对峙。他闭起眼睛，十分陶醉地对我说："你听听，这工厂机器的转动声，我听起来就像音乐那么美妙，为什么他们不能忍受呢？"我听到他的话忍不住笑起来，他用一种很怀疑的眼神看我，眼神里好像在说："连你也不能欣赏这种音乐吗？"那个眼神到现在我都还记得。

确实如此，在守财奴的眼中，钞票乃是人间最美丽的绘画呢！

听过了肆无忌惮的商人的音乐，我们再回到日本的茶室，日本茶道的鼻祖绍鸥曾经说过一句动人的话："放茶具的手，要有和爱人分离的心情。"这种心情在茶道里叫作"残心"，就是在行为上绵绵密密，即使简单如放茶具的动作，也要轻巧、有深沉的心思与情感，才算是个懂茶的人。

反过来说，一个人和爱人分离的心情，若能有如放下名贵茶具的手那么细心，把诀别的痛苦化为祝福的愿望，心中没有丝毫憎恨，留存的只有珍惜与关怀，才是懂得爱情的人。此所以茶道不昧流的鼻祖出云松江说："红叶落下时，会浮在水面；那不落的，反而沉入江底。"

境界高的茶师，并不在他能品味好茶，而在他对待喝茶这整个动作的态度，即使喝的只是普通的粗茶，他也能找到其中的情趣。

境界高的人生亦如是，并不在于永远有顺境，而是不论顺逆，也能用很好的情味去面对，这就是禅师说的："在途中也不离家舍""不风流处也风流"。因此，我们要评断一个人格调与韵致的高低，要看他失败时的"残心"。有两句禅诗，"掬水月在手，弄花香满衣"，最能表达这种残心，每一片有水的叶子都有月亮的映照，同样，人生的每个行为、每个动作都是人格的展现。没有经过残心的升华，一个人就无法有温柔的心，当然，也难以体会和爱人分离的心情是多么澄清、细密、优美一如秋深落叶的空山了。

从前有一个和尚到农家去诵经，诵经的中途听到了小孩的哭声，转头一看，原来孩子爬在地上压到了一把饭铲子，地上很肮脏，孩子的母亲就把他抱起来，顺手把饭铲子放到热腾腾的饭上，洗也不洗。

于是，当孩子的母亲来请吃饭时，和尚假称肚子痛，连饭也没吃，就匆匆赶回寺里。过了一星期，和尚又去这农家诵经，诵完经，那母亲端出了一碗热腾腾的甜酒酿，由于天气严寒，和尚一连喝了好几碗，不仅觉得美味，心情也十分高兴。

等吃完了甜酒酿，孩子的母亲出来说："上一次真不好意思，您连饭都没吃就回去了，剩下很多的饭，只好用剩饭做成一些甜酒酿，今天看到您吃了很多，我实在感到无比的安慰。"

和尚听了大有感触，为逃避肮脏的饭铲子，没想到反而吃了七天前的剩饭做成的甜酒酿，因而悟到了"一饮一啄，莫非前定"。我们面对人生里应该承受的事物不也是如此吗？被饭铲铲过的脏饭与甜酒，表面不同，本质却是一样的。所以，欢喜的心最重要，有欢喜心，则春天时能享受花红草绿，冬天时能欣赏冰雪风霜，晴天时爱晴，雨天时爱雨。

好像一条清澈的溪流，流过了草木清华，也流过石畔落叶，它欢跃如瀑布时，不会被拘束，它平缓如湖泊时，也不会被局限，这就是《金刚经》里最动人心弦的一句"应无所住而生其心"。

我眼前的濑户内海也是如此，我体验了它明朗的山水，知道濑户内海不只是日本人的海，而是眼前的海，是大地之海，超越了名字与国籍。海上吹来的风，呼呼有声，在台湾林野里的清风亦如是遍满大地，有南国的温暖及北地的凉意，匝地，有声。

晋朝有名的女僧妙音法师，写过一首诗：

长风拂秋月，止水共高洁，
八到净如如，何容业萦结？

“八到”是指风从东、南、西、北、东南、东北、西南、西北一起到，分不出是从哪里到的，静听、感受清风的吹拂，其中有着禅的对语。在步出“英鹤丸”的时候，我看见了长在清水里的山葵花是美丽的，长在污泥里的白莲花也是美丽的，与爱人相会的心情是美丽的，与爱人分离的心情也是美丽的。

只因为我的心是美丽的，如清风一样，匝地，有声。

云　散

我喜欢胡适的一首白话诗《八月四夜》：

我指望一夜的大雨，
把天上的星和月都遮了；
我指望今夜喝得烂醉，
把记忆和相思都灭了。
人都静了，
夜已深了，
云也散干净了，
仍旧凄清的明月照我归去，
我的酒又早已全醒了。
酒已都醒，
如何消夜永？

这首《八月四夜》，是根据周邦彦的一阕词《关河令》改写成的，《关河令》的原文是：

秋阴时晴渐向暝，
变一庭凄冷。
伫听寒声，
云深无雁影。

更深人去寂静，
但照壁孤灯相映。
酒已都醒，
如何消夜永？

胡适的诗一点也不比周邦彦的原词逊色。我从前喜欢这首诗，是喜欢诗中的孤单和寂寞的味道，尤其是在烂醉之后醒来，不知道如何度过凄清的好像永无尽头的寒夜时，我在少年时代，有很多次的心境都接近了这首诗的情景。

这使我想起，孤单和寂寞虽也有极美的一面，但究竟不是幸福的，只是有时我们细细想来，幸福里如果没有孤单和寂寞的时刻，幸福依然是不圆满的。

最好的是，在孤单与寂寞的时候，自己也能品味出那清醒明净的滋味，有时能有一些记忆和相思牵系，才是最幸福的事。

清晨绲着金边的红云，是美的。

午后飘着慵懒的白云，是美的。

黄昏燃烧炽烈的晚霞，是美的。

有时云散得干净的天空，也是美的。

那密密层层包裹着青天的乌云，使我们带着冷冽的醒觉，何尝不美呢？

当一个人，走过了辉煌的少年时代，有许多人就开始在孤单与寂寞的煎熬中过日子；当一个人，失去了情爱与生命的理想，可能就会在无奈的孤独中忍受一生；当一个人，不能体会到独处的丰富与幸福时，他的生命之火就开始黯然褪色……

凄清的明月是不是美丽的明月那同一个明月呢？当我们从生命的烂醉醒来的时候，保持明净的心灵世界，让我们也欢喜独处时的寂寞吧！因为要做一个自足的人，就是每一时每一刻都能看清云彩从心窗飘过的姿势。在云也散干净的时候，还能在永夜中保持愉悦清明，那么，即使记忆与相思不灭，我们也能自在地坦然地走下去。

一心一境

小时候我时常寄住在外祖母家，有许多表兄弟姐妹，每次相约饭后要一起去玩，吃饭时就不能安心，总是胡乱地扒到嘴里咽下，心里尽想着玩乐。

这时，外祖母就会用她的拐杖敲我们的头说："你们吃那么快，要去赴死吗？"

这句话令我一时呆住了，然后她就会慢条斯理地说："吃那么紧，怎么会知道一碗饭的滋味呀！"当时深记着外祖母的话，从此，吃饭便十分专心，总是好好吃了饭再出去玩。

从前不觉得这两句话有什么了不起的地方，长大以后，年岁日长愈感觉这两句寻常的话有至理在焉，这不正是禅宗祖师所说的"吃饭时吃饭，睡觉时睡觉"那种活在当下的精神吗？

"活在当下"看来是寻常言语，实际上是一种极为勇迈的精神，是把"过去"与"未来"做一截断，使心思处在一心一境的状态，一个人如果能每时每刻都处于一心一境，就没有什么困难能牵住他，也没有什么痛苦能动摇他了。

一心一境是疗治人生的波动、不安、痛苦、散乱最有效也最简易的方法，因为人的乐受与苦受虽是感觉真实，却是一种空相，若能安住于每一个当下，苦受就不那样苦，乐受也没有那么乐了。可惜的是，人往往是一心好几境（怀忧过去，恐慌未来），或一境生起好几种心（信念犹如江河，波动不止），久而久之，就被感受所欺瞒，不能超越了。

不能活在一心一境之中，那是由于世人往往重视结局，而不重视过程，很少人体验到一切的过程乃是与结局联结的。一个人如果不能在吃饭时品味米饭的香甜，又何以能深刻地品味人生呢？一个人若不能深入一碗饭，不知蓬莱米、在来米，甚至糯米的不同，又如何能在生命的苦乐中有更深切的认识？

因此吃饭、睡觉、喝茶，看来是人生小事，却能由一心一境在平凡中见出不凡，也就能以实践的态度契入生活，而得到自在。

曾经有人问一位禅师说："什么是解脱痛苦最好的法门？"

禅师说："在痛苦时就承受痛苦，在该死的时候就坦然地死，这便是解脱痛苦最好的法门。"

痛苦或死亡是人人所不愿见到或遇到的，但若不能深刻品味痛苦，何尝能知道平安喜乐的真滋味？若不能对死亡有所领会，又如何能珍惜活着的时候呢？

又有一位禅师问门人说："寒热来时往何处去？"

门人说："向无寒暑处去！"

禅师说："冷时冻死你，热时热死你！"

这世界原来并没有一个无寒暑的地方可以逃避生之恸，因此最好的方法是水里来、火里去，不避于寒热，寒热自然就莫可奈何了！这也是一心一境。时人的苦恼就是寒冷的时候怀念暑天，到了真正热的时节，又觉得能冷一些就好了。晴天的时候想着雨景之美，雨季来临时，又抱怨没有好的天色，因此，生命的真味就被蹉跎了。

一心一境是活在每一个眼前的时节，是承担正在遭受的变化不定的人生，那就像拿着铁锤吃核桃，核桃应声而裂，人生的核桃或有乏味之时，或有外表美好、内部朽坏的，但在每一个下锤的时节都能怀抱美好的期待。

当然，人的生命历程如果能像苏东坡所说的：“无事以当贵，早寝以当富，安步以当车，晚食以当肉。”那是最好的情况。可惜在现代社会里几乎没有无事、早寝、安步、晚食的人了。因此如何学习以“一心一境”的态度生活，就变得益发可贵。

苏东坡在《春渚纪闻》里还说：“处贫贱易，处富贵难。安劳苦易，安闲散难。忍痛易，忍痒难。人能安闲散，耐富贵，忍痒，真有道之士也。”这是苏东坡的至理名言，但我的看法有些不同，我觉得要处贫贱、安劳苦、忍痛苦都是一样难的，唯有一心一境的人，能贫富、劳闲、痛痒，皆一体观之，这才是真正的“有道”。

活在每一个过程，这是真正的解脱，也是真正的自在，“吃饭时吃饭，睡觉时睡觉”的禅语也可以说：“痛苦时痛苦，快乐时快乐。”这使我想起元晓大师说的话，他说：“纵使尽一切努力，也无法阻止一朵花的凋谢。因此在花凋谢时好好欣赏它的凋谢吧！”

人生的最大意义不在奔赴某一目的，而是在承担每个过程。有一次在报纸上看到汽车广告说：“从零加速到每小时一百公里，只要 4.6 秒！”这广告使我想起外祖母的话：“你驶那么紧，要去赴死呀！”

活在苦中，也活在乐里；活在盛放，也活在凋零；活在烦恼，也活在智慧；活在不安，也活在止息。这是面对苦难的生命最好的方法。

逆风的香

阿难是佛陀的十大弟子之一。

有一天，阿难独自在花园里静坐，突然闻到园中的花，随着黄昏吹来的风，飘过来一阵一阵的花香。

平常有风吹着花香的时候，由于心绪波动，不一定能闻到花香。当心静下来的时候，又不一定有风吹来，所以也嗅不到花香。

那一个黄昏，阿难的心情特别宁静，又是春天——花朵最香的时节，正好春风飒飒，缓缓吹送。在这么多原因的配合下，阿难闻到了有生以来最美妙的花香。

花香围绕着阿难，花香流过他的身心，然后流向不可知的远方。这些花香使阿难从黄昏静坐到夜里舍不得离开，这些花香也使阿难非常感动。

在感动中，阿难宁静的心也随花香飘动起来，他想到了一些从未想过的问题：草木都是开花的时候才会香，有没有不开花就会香的草木呢？花朵送香都限制在一个短暂的因缘里，有没有经常芬芳的花朵呢？春花的香飘得再远也有一个范围，有没有弥漫全世界的香呢？所有的花香都是顺风飘送，有没有在逆风中也能飘送的香呢……

阿难想着这些问题，想到入神，竟然使他在接下来的几天无法静心。有一天，阿难又坐在花香中出神，佛陀走过他静坐的地方，就问他：“你的心绪波动，到底是为了什么呢？”阿难就把自己苦思而难解的问题请教了老师。

佛陀说：守戒律的人，不一定要开花结果才有芬芳，即使没有智慧之花，也会有芳香。有禅定的心，就不必要在因缘里寻找芬芳，他的内心永远保持喜悦的花香。智慧开花的人，他的芬芳会弥漫整个世界，不会被时节范围所限制。一个透过内在开展戒、定、慧的品质的人，即使在逆境里也可以飘送人格的芬芳呀！

阿难听了，垂手肃立，感动不已。佛陀和蔼地说：“阿难，修行的人不只要闻花园的花香，也要在自己的内心开花——有德行的香。这样，不管他居住在城市或山林，所有的人都会闻到他的花香！”

如果我们的内心就是一个花园，人生的哪一天不是最美的花季呢？

如果我们的内心春风洋溢，人生的哪一个时候不是最好的春天呢？

如果我们有着怜爱、珍惜、欣赏的心，即使在人生的无寸草处行走，也会看见那美丽神奇的一瞥。

所以，花季的时候，不要忘了在自己的心里种花。

平常有风吹着花香的时候，由于心绪波动，不一定能闻到花香。当心静下来的时候，又不一定有风吹来，所以也嗅不到花香。

无事最可贵

朋友来喝茶聊天，问我说："你觉得什么样的生活最好？"

我说："无事最可贵。"

朋友不明其意，说："既然无事最可贵，又何必忙着写文章、读书、讲演呢？"

这倒使我沉吟了，无事并不是不做事、不生活，而是做事与生活都没有牵挂，也没有变生肘腋、措手不及的事情发生。

我把茶倒满，闻到今年春茶的香气，深呼吸，让茶香清洗我的胸腔，我说："能这样无事喝一杯茶，真是人生里幸福的事呀！"

朋友终于懂了，微笑着喝茶，那专注的神情，使我感到无事的欢喜。

唯有活在当下的人才可以无事，每一刻都尽情地、充实地、没有挂虑地去生活，活活泼泼、欢欢喜喜、全心全意。

一刻无事一刻清，一日无事一日好。

可叹的是，我们总是花时间去找事来烦，一清早，找份报纸来烦恼；上了班，在人事里烦恼；晚上，找台电视来烦恼；躺在床上思前想后，思念十年前的情人，猜测明年公司的方针。

饭吃得没有滋味，是没有全心地吃饭；工作做得没有力气，是没有欢喜地工作；睡眠不能安枕，是没有无心地睡眠。

吃饭无事，工作无事，睡眠无事。

真的，无事最可贵。

我刚学说话时，唱过一首台湾童谣。

“食饭也未？食饱也未？食饱紧去做工作。做工作也未？做好也未？做好紧去困棉被。困好也未？困饱也未？困饱紧去食碗粿。”

我唱这童谣给朋友听，唱歌配茶，觉得茶的味道真好。

吃饭是重要的，但吃饱饭就应该去工作，工作做好就去睡觉，我喜欢这童谣那种无心的态度，所以无事人并不是闲杂的人，反而是专心的无杂之人。

在禅宗里，把“无”当成圣旨一样，《无门关》里的第一则，就开宗明义讲“无”：

有一个和尚问赵州从谂禅师：“狗子还有佛性也无？”

赵州说：“无！”

无门慧开禅师的注解是：“参禅须透祖师关，妙路要穷心路绝。祖关不透，心路不绝，尽是依草附木精灵，且道，如何是祖师关？只有一个无字，乃宗门一关也。……将三百六十骨节、八万四千毫窍，通身起个疑团，参个无字，昼夜提撕，莫作虚无会，莫作有无会。”

无门禅师的意思是，“无”这个字是禅宗最重要的一个字，应该以全身的力量（包括每一个骨节毛孔），日夜地去参，却千万不要把“无”当成是“虚无”的无或“有无”的无。

无，是执着的破除与思虑的止息，而不是闲散的人。

无，是无心，是离开妄念的真心，是远离了分别、执着的自由境界，“若不起妄心，则能顺觉。所以云，无心是道”。

无，是无往，是不住留、执着一固定的实体，诸法念念不住，即得解脱。“无所住故，则非有无，非有无而为有无之本。”

无，是无我，是一切万法因缘生、因缘灭，没有一个固定的主体，破除我执，则得自在。

无，是无念，是虽修万行，觉诸相空，心自无念，念起即觉，觉之即无。“一念不起，即十八界空，即身便是菩提华果，即心便是灵智。”

无这个字是那么高超，那么伟大，几乎是凡夫所不能企及的。我们或者难以进入那么高的境界，但在生活中体会无事的可贵也不是那么难的。

我端起一杯茶来对朋友说：“现在，让我们全心地来品味这杯茶，过去的烦扰已经过去了，未来的烦恼尚未发生，仅此一念，又有什么事呢？”

无门慧开曾写过一首名诗：

春有百花秋有月，夏有凉风冬有雪。

若无闲事挂心头，便是人间好时节。

这应该作为所有无事人的座右铭。

其实每天的生活也真像一杯茶，大部分人的茶叶和茶具都很相近，然而善泡者泡出更清香的滋味，而善饮者饮到更细腻的消息。

依照我的经验，只有在无事时泡出的茶最甘美，也唯有无事时喝的茶最有味。可惜的是，大部分人泡茶时是那么焦渴，在生命里也一样的焦渴呀！

沩山灵佑禅师曾把悟道的人称为“无事人”就是这个道理，他说：

“夫道人之心，质直无伪、无背、无面、无妄诈心行，一切时中，视听寻常，更无委曲，亦不闭眼塞耳，但情不附物，即得。……譬如秋水澄渟，清净无为，澹泞无碍，唤他作道人，亦名无事之人。”

无事的人去除了生命的焦渴，像秋天的潭水，那样澄明幽静，清澈无染，明白没有挂碍。

“无事不是小言哉！”无事是伟大的事。

咸也好，淡也好

一个青年为着情感离别的苦痛来向我倾诉，气息哀怨，令人动容。

等他说完，我说：“人生里有离别是好事呀！”

他茫然地望着我。

我说：“如果没有离别，人就不能真正珍惜相聚的时刻；如果没有离别，人间就再也没有重逢的喜悦。离别从这个观点看，是好的。”

我们总是认为相聚是幸福的，离别便不免哀伤。但这幸福是比较而来，若没有哀伤作衬托，幸福的滋味也就不能体会了。

再从深一点的观点来思考，这世间有许多的“怨憎会”，在相聚时感到重大痛苦的人比比皆是，如果没有离别这件好事，他们不是要永受折磨，永远沉沦于恨海之中吗？

幸好，人生有离别。

因相聚而幸福的人，离别是好，使那些相思的泪都化成甜美的水晶。

因相聚而痛苦的人，离别最好，雾散云消看见了开阔的蓝天。

可以因缘离散，对处在苦难中的人，有时候正是生命的期待与盼望。

聚与散、幸福与悲哀、失望与希望，假如我们愿意品尝，样样都有滋味，样样都是生命中不可或缺的。

当年高僧弘一大师，晚年把生活与修行统合起来，过着随遇而安的生活。有一天，他的老友夏丏尊来拜访他，吃饭时，他只配一道咸菜。

夏丏尊不忍地问他："难道这咸菜不会太咸吗？"

"咸有咸的味道。"弘一大师回答道。

吃完饭后，弘一大师倒了一杯白开水喝，夏丏尊又问："没有茶叶吗？怎么喝这平淡的开水？"

弘一大师笑着说："开水虽淡，淡也有淡的味道。"

我觉得这个故事很能表达弘一大师的道风，夏丏尊因为和弘一大师是青年时代的好友，知道弘一大师在李叔同时代，有过歌舞繁华的日子，故有此问。弘一大师则早就超越咸淡的分别，这超越并不是没有味觉，而是真能品味咸菜的好滋味与开水的真清凉。

生命里的幸福是甜的，甜有甜的滋味。

情爱中的离别是咸的，咸有咸的滋味。

生活的平常是淡的，淡也有淡的滋味。

我对年轻人说："在人生里，我们只能随遇而安，来什么品味什么，有时候是没有能力选择的。就像我昨天在一个朋友家喝的茶真好，今天虽不能再喝那么好的茶，但只要有茶喝就很好了。如果连茶也没有，喝开水也是很好的事呀！"

梅花落在弦间

净几横琴晓寒，梅花落在弦间。

我欲清吟无句，转烦门外青山。

——杨简

《玄想》一书，我曾引用顾况的一首六言诗：

心事数茎白发，生涯一片青山。

空山有雪相待，古道无人独还。

朋友读了非常感动，却也有很深的感触："有这么美的六言诗，为什么我们以前都没有机会读到呢？"

我说，其实古代有许多的四言偈、六言诗都非常好，但是自从《唐诗三百首》选出了五言、七言（五言和七言的绝句、律诗），就成为后来的文学主流，主流久了就变成正统，四言和六言失去应有的地位，后来也就很少人写了。

在《唐诗三百首》未定之前翻译的佛经，以四言为主，留下过许多美好而深刻的句子，例如：

色不异空，空不异色；

色即是空，空即是色。

——《心经》

水沫无实，不可撮摩；富贵无常，不可久住。

色相如花，须臾变异；寿如熟果，不可久停。

——《大乘戒经》

所入既寂，动静二相，了然不生。

如是渐增，闻所闻尽，尽闻不住。

——《楞严经》

法从缘生，亦从缘灭，一切诸法，空无所有。

诸行无常，是生灭法，生灭灭已，寂灭为乐。

——《莲华面经》

知足之人，虽卧地上，犹为安乐。

不知足者，虽处天堂，亦不称意。

——《遗教经》

我观一切，普皆平等，无有彼此，爱憎之心。

我无贪着，亦无限碍，恒为一切，平等说法。

——《妙法莲华经》

四言的诗偈，在佛经里俯拾皆是，可见用几个字来写诗，根本不是问题。

从这个角度看来，《唐诗三百首》，或者历代的诗选，不选取四言和六言的诗，实在是诗歌的一大损失，尤其是历代的大诗人都写过许多六言诗，文字意境都是上乘。

山南结其蔽庐，林下返吾初服。

宁为五斗折腰，何如一瓢满腹。

——王维《自适》

桃红复含宿雨，柳绿更带春烟。

花落家童未扫，莺啼山客犹眠。

——王维《田园乐（其六）》

山下孤烟远村，天边独树高原。

一瓢颜回陋巷，五柳先生对门。

——王维《田园乐（其五）》

善写自然山水诗，“诗中有画，画中有诗”的王维，曾留下为数不少的六言诗，意境悠远，每一句都是一幅美丽的画，宁静而动人。

再来看才气纵横、潇洒豪放的李白，如何来写六言诗：

门对鹤溪流水，云连雁宕仙家。
谁解幽人幽意，惯看山鸟山花。
——李白《春景》

竹箪高人睡觉，水亭野客狂登。
帘外熏风燕语，庭前绿树蝉鸣。
——李白《夏景》

昨夜西风忽转，惊看雁度平林。
诗兴正当幽寂，推敲韵落寒帧。
——李白《秋景》

冻笔新诗懒写，寒炉美酒时温。
醉看墨花月白，恍疑雪满前村。
——李白《冬景》

大诗人李白的这一组四季诗，仿佛是一组定点摄影，春、夏、秋、冬，历历在目，不只看到景色移转，甚至还感受到气温的改变，空气的凝结。山鸟山花、绿树蝉鸣、韵落寒帻、雪满前村。大诗人用轻盈的笔触流曳，成就绝对不逊于他的五言绝句。

再来看看，其他唐代诗人的六言诗：

白云千里万里，明月前溪后溪。
独恨长沙谪去，江潭芳草萋萋。
——刘长卿《谪仙怨》

青草池边草色，飞猿岭上猿声。
万里湘江客到，有风有雨人行。
——王建《江南》

家住白云山北，路迷碧水桥东。
短发潇潇暮雨，长襟落落秋风。
——杜牧《山行》

听月楼高太清，南山对户分明。
昨夜姮娥现影，嫣然笑里传声。
——王昌龄《望月》

水落溪落浅浅，寺秋山霭苍苍。
树色犹含残雨，钟声远带斜阳。
——张仲素《山寺秋斋》

夹岸人家临镜，孤村灯火悬星。
乔木千枝鹭下，深潭百尺龙吟。
——岑参《村居》

烟雨湖光软漾，空蒙山色生奇。
忆自段家桥水，流连不觉遄飞。
——韦应物《烟雨》

读到这里，我们会发现，唐诗的六言诗几乎都是写山水风景。确实，中国绘画中有许多的六言题诗，它与绘画相映，创造了“山下白云缥缈，水边红树依稀”的朦胧情调，比较少抒发自我的情感和胸臆的作品，这一点我也感到迷惑，但是也不敢强作解人，是不是六言诗本身有抒情的局限呢？

后来，读了苏轼的六言诗，发现六言诗也可以寄情兴意，苏东坡在一首《惠崇芦雁》里，自比画中的芦雁，因为画得太美了，本来想买扁舟归去，才恍然是一幅画：

惠崇烟雨芦雁，坐我潇湘洞庭。
欲买扁舟归去，故人云是丹青。

东坡还有《次韵子由书王晋卿画山水二首》中的一首诗：

老去君空见画，梦中我亦曾游。
桃花纵落夜见？水到人间伏流。

山林里的桃花飘落了，有谁看见呢？清澈的流水到了人间，也只好隐藏自己的水，流到地下去了。这是以诗书写自己的心境，可见大诗人笔下，四、五、六、七言，都是自由无碍的。

每一代都有很好的六言诗，像朱熹有一首《铅山立春》：

行尽风林雪径，依然水馆山村。
却是春风有脚，今朝先到柴门。

明朝的徐有贞写过这样美丽的诗：

山路只通樵客，江村半是渔家。
秋水矶边落雁，夕阳影里飞鸦。

春风有脚，比我们先跑到柴门。在夕阳的红影中，飞过一只黑色的乌鸦。每一个意象都是那么鲜明而动人！

不只是诗人写六言诗，有一些禅师也偏爱六言诗，像憨山大师有两首名诗：

门外青山朵朵，窗前黄叶萧萧。
独坐了无言说，回看妄想全消。

雪里梅花初放，暗香深夜飞来。
正对寒灯独坐，忽将鼻孔冲开。

一般的诗人可以写出前三句，但最后一句只有禅师写得出来。憨山大师可以说尽得六言诗之妙境。

但是，历史上写六言诗最为出色的禅师，非永明智觉禅师莫属，我们且来看看他写的六首六言诗：

云散长空雨过，雪消寒谷春生。
但觉身如水洗，不知心似冰清。

空谷诸尘尽谢，止留一片闲云。
伴我松根挥尘，堪多麋鹿成群。

文字眼中幻翳，禅那心中浮尘。
内外一齐拈却，大千世界全身。

静夜钟声不住，石床梦想俱空。
开眼不知何处，但听满耳松风。

清净涵空宝镜，春来水满澎湖。
照彻庐山面目，月如额上明珠。

世界光如水月，身心皎若琉璃。
但见冰消涧底，不知春上花枝。

永明智觉禅师的诗歌，文字浅显易懂，境界高妙洒脱，特别是他写的六言诗，字字如额上明珠，句句像春上花枝，把六言诗推向了最高的境界。这不只是诗歌，也是修为；这也不只是抒情写意，也是言心表境，令人深深地感动。

作家选择文学，选择四言、五言、六言、七言没有什么秘密可言，是随心、随意、随境而已，能把文章写好的人，出入自在，有如梅花落在弦间，总是那么自然呀！

召集有缘人的钟声

《高僧传》里，记载天台智者大师的传记，有一段我特别喜欢。

智者大师有一次做梦，梦见一座岩崖万重的大山，云日半垂在山上，山崖下则临着极深的沧海，海水非常澄清。有一位僧人在山峰上，伸出手来摇着打招呼，又要挽他上山，正要上山的时候梦却醒了。

智者大师醒来后把梦见的情景告诉弟子，他座下有去过天台山的弟子就说："这是位于会稽的天台山呀！历代有许多高僧住在那里。"智者于是和弟子慧辩等二十余人南下，要到天台山去。

那时，天台山住着一位青州来的高僧定光，他已经在天台山住了四十年，在智者大师抵达天台山的两年前，他就对山里的百姓预告说："有一位大善知识会来住在本山，你们应该多种豆造酱，编蒲草为席，盖一些新房子来欢迎他。"

后来智者大师果然到了天台山，和定光相见，定光一见面就对他说："大善知识，你还记得早年我在山上对你摇手相唤的事吗？"智者感到非常惊异，才知道自己早年的梦不是幻象，而是真实的存在。

那时是陈太建七年九月的秋天，当智者大师抵达天台的时候，天台山的山谷响遍了洪亮的钟声，久久不绝，大家都感到非常奇异。定光说："这是召集有缘人的钟声呀！"

智者大师于是在天台山住了下来，后来开演了天台宗，成为佛教八大宗之一，智者大师也是使佛学中国化的第一人。他在天台山住了二十二年，建造大道场三十六所，在他座下剃度的出家的弟子有一万五千多人。

听过这响满山谷的有缘人的钟声，我们再来看智者大师的两则小故事。他小时候就喜欢到寺院游玩，七岁的时候到寺院，一位师父看他聪明伶俐，就教他念《法华经·普门品》，读过一遍，他就会背诵了。

智者大师二十岁受比丘戒后，往光州大苏山去拜慧思禅师为师。慧思一见到他就知道了宿昔的因缘，对他说："从前我们一起在灵鹫山听世尊讲《法华经》，有这样深的宿缘，所以今天又在这里见面了。"于是对他示现普贤菩萨的道场，指授他修行的要旨。智者经过二十一天入观修行，豁然贯通，定慧圆融，而且证悟了天眼通、天耳通、他心通、神足通、宿命通、漏尽通六种神通。

可见得智者大师的宿缘之深厚，他到天台山时，天地山谷为他鸣钟，实在是极自然的事了。

"有缘人的钟声"是佛教最基本的思想基础，就是一切成住，一切坏空，无不是因缘的聚散变灭，而在智慧追求的道路上，只有有缘的人才能听见山谷里遍响的钟声，也才能为钟声所召集。

纵使相逢应不识

我们现在再来说一个故事。

唐朝的法顺大师，又名为杜顺和尚，他是华严宗的初祖，相传是文殊菩萨的化身。

杜顺和尚年轻的时候，跟随道珍禅师修习定法，有很多神验。有一年，唐太宗生热病，下诏向杜顺问："朕为劳热所苦，以大师的神力何以灭除？"杜顺说："皇上以圣德统治天下，小病何忧？但颁大赦，圣躬自安。"唐太宗听从他的建议，下诏大赦天下，病马上就好了。太宗为表彰杜顺，赐号为"帝心"。从此，杜顺和尚的圣号就闻名于天下了。

虽然杜顺这么伟大，到晚年的时候，还有弟子不知道他的殊胜。在他晚年的时候，有一位追随他多年的弟子来向他告假，说是要到五台山去朝礼文殊菩萨的道场。杜顺听了，也不阻止弟子，而且微笑着准许了他的告假，临行还赠他一首偈：

游子漫波波，台山礼土坡。

文殊此便是，何处觅弥陀？

弟子还是不能领会他的意思，便收拾行囊向五台山出发了。好不容易走到五台山下，他向一个老人问路说："我想到五台山去顶礼文殊菩萨，不知要怎么走了？"

老人说："文殊菩萨现在不在五台山，而是在终南山，就是高僧杜顺和尚呀！"

弟子听了心头一惊非同小可，因为杜顺和尚不正是自己的师父吗？于是兼程赶回终南山。等他赶到终南山时，杜顺已经在十一月十五日坐化了，他甚至无缘见到师父的最后一面。

这个故事真是应了民间的一句俗话："有缘千里来相会，无缘对面不相识。"还有一副对联说："天雨虽广难育无根之草，佛门虽大不度无缘之人。"都是说明"缘分"的重要。

对于缘分的实质或者想象，总是带给我们一种无限奥妙深远的情愫，同时也给人生的浮云聚散带来一些茫然、一点惆怅。

不过，非常确定的一点是，对于无数的人，即使文殊菩萨站在眼前，也不能相识，那是有如盲人看月，月是一直存在的，只是眼盲的人不能看见罢了！

只可惜世界上有很多人不能珍惜缘的成就、缘的力量与缘的殊胜。

佛的三种不能

在《景德传灯录》里，记载了一则元珪禅师的故事。

元珪禅师在中岳庞坞修行的时候，住在一个简陋的茅草屋里，有一天一位戴漂亮帽子、穿着华丽衣服的公子来拜访他，这位公子有很多随从，浩浩荡荡到了茅屋前面，称元珪为大师。元珪见他形貌奇伟非常，就问他说：“仁者有何贵事，到老僧的陋室来呢？”

“大师，你认识我吗？”那位公子说。

元珪说：“在我的眼里，佛与众生没有分别，我都同等对待，你是谁又有什么分别呢？”

公子说：“我就是这座山的山神，可以使人死去，也能让人重活，你怎么可以把我看成和别人一样呢！”

元珪说：“我本来不生，你又怎么使我死呢？我看我的身体与虚空相同，看我和你相同，你如果能毁坏虚空和你自己才能毁坏我，人能毁坏虚空和你自己吗？我早就是达到不生不灭境界的人了，你尚且不能有不生不灭的境界，何况是令我生死呢？”

岳神听了，知道元珪禅师是得道的高人，立即稽首顶礼拜他为师，并且由禅师授以杀、盗、淫、妄、酒五戒，正式收为弟子。

岳神受了三皈五戒之后，问元珪禅师说："我的神通和佛比起来怎么样？"

元珪说："如果把神道说成十能，你有五能五不能，佛则有七能三不能。"

岳神一直自认神通广大，听到禅师所说，悚然避席跪地说："请师父开示。"

元珪说："我问你，你能使上帝往东天奔跑吗？你能在西边同时出七个太阳吗？"

"不能。"岳神说。

"那么，你能夺住地上所有的神明吗？你能使五岳连在一起吗？你能让四大海的海水融合在一起吗？"

"不能。"岳神说。

"这就是你的五种不能。"元珪禅师继续说："我现在来告诉你，佛的三种不能：

佛能空一切相，成万法智，
而不能灭定业。
佛能知群有性，穷亿劫事，
而不能化导无缘。
佛能度无量有情，
而不能尽众生界。

这就是佛的三种不能。但是，定业并不是牢久不可破的，无缘也只是一段时间，并不是永远的……依我所解悟的佛，他并没有什么神通，只是以无心来通达一切的法罢了。"

这个故事说明了佛教的基本精神，就是佛并不是万能的，他有无限的智慧与

能力，却不能灭除每个人自己做下的定业果报；他知道众生都有佛性，究竟了无始劫的因缘，却不能感化教导没有缘分的人；他能度的有情众生是无数量限制的，却不能把众生全部度尽，因为有许多无缘的众生。

佛的三种不能里，有两种是与缘分有关的，可见缘分乃是这个世界上最困难的事。佛陀当年在灵鹫山上讲《妙法莲华经》，现场就有五千人站起来走掉，佛陀的弟子似都很生气，佛陀却一点也不生气地说："他们是机缘还没有成熟呀！"

这真是彻见了人生因缘的智慧之语。我们在这有情的人间，被抛弃、被见离、被轻忽、被生离死别，饱受了种种情感的折磨，如果我们能进入因缘的内在世界，平心静气地说："我们是机缘还没有成熟呀！"这时，我们就超越了束缚，照见人生是因缘合成的本来面目。

因缘沉埋八千年

在佛经里，把一切有为法由缘而生成，称为“缘生”；把一切事物的待缘而起，称为“缘起”；但一切因缘都不是永恒的，转眼消失，叫作“缘灭”。

我们常说“因缘”“因果”，到底因、缘、果之间有什么关系和差别呢？我们可以这样简单地说：森罗万象都自因缘而成，因缘合成而生的就叫果。这在经典上是“因则能生，果则所生，缘则助生”，对所生成的果来说，因是亲而强力的，缘则是疏而弱力的。例如种子为因，雨露农夫等环境因素为缘，这因缘合成生出来的米就是果。

了解到这一层，我们就知道因果之间有绝对关系，却不是必然关系。例如说我们种了一个因，这个因没有缘的相会，它就永久止于未来，不能显现它的果。我们前面说“佛不能灭定业”，定业虽不可灭，却可以“止”，用愿力改变诸缘，则定业的果就永远不能结了。

举一个例子说，有一年我到埃及去旅行，在开罗博物馆看到许多从法老王墓穴中挖出来的食物种子，有小麦、稻子、玉米等等，那是法老王陪葬用的种子，因为在古老埃及人的轮回观念里，认为人死后转生另一个世界，是带着灵魂、身体、黄金、食物一起转生的，因此才有木乃伊，以及非常多而丰富的葬品。

我特别留意那些种子，种子中最老的，干燥后埋在地里已有八千年的历史了，到本世纪才被挖掘出来。

开罗博物馆的导游告诉我们，那些沉埋数千年的种子被挖出来以后，都做过实验，发现大部分的种子都还能发芽、开花、结果，而埃及许多早就消失的谷种，都因这些种子的发现，重新存在于这个世界上。

当时，我听到这里，看那些用锦盒盛着的黑灰色谷种，心里有一种美丽的感动，人的转生虽无法证明，但那些种子不正是转生的预示吗？

用埃及的种子来解释因、缘、果，就能有一个明显的说明：种子被埋在地里八千年没有被挖掘，在那漫长的八千年里，它一直是一个因；八千年后被发现了，被实验、被种植、被期待、被照愿，都是各种缘的会合；最后证明它还能结出果实，这是果的完成。

从这里联想，我们今生所感召的果，何尝不是经过遥远生世所埋下的因，在这一生中会面的缘所生出来的呢？如果没有缘，就是沉埋数千年的因也不能结果呀！

处处都是明亮动人的钟声

佛陀曾以钻木取火来说因缘法，他说："诸法皆如是，譬如两木相揩，火出还烧木，木尽火便灭。"

因缘正是如此，两根木头里何尝有火呢？可是相碰以后就有了火，火是从哪里来？往哪里去？火出来以后把木头烧了，木头烧完，火又熄灭了。

两个人相会也是如此，两颗心里何尝有情感呢？可是一相遇情感产生了，情感从哪里来？往哪里去？情感之火点燃以后把两颗心焚烧，烧完了情感，火就熄灭了。

这就是"因缘合乃成，因缘离散即灭"的实相，也是大至宇宙、小至人生的实相，同时也都是空相。

面对这种人生不可避免的真实，我们要如何呢？

修行者告诉我们最好的人生道路是：

心田不长无明草，性地常开智慧花。

说我们看待因缘最好的人生道路是：

历尽万般红尘劫，犹若凉风轻拂面。

我们是薄地的凡夫，很难做到那样的境界，但是我常常对别人说，要“惜缘”，要“不弃世缘”，那是因为今生的每一个因缘都不是那么容易得到，只有惜缘的人才能坦然无悔，只有不弃世缘的人才能知道每一次小小的因缘都是历经亿万年流浪生死的一回照面，那么追求更高的般若智慧，体验万古长空一朝风月的机缘，不更是非常非常之难吗？

让我们回到心灵明净的自我，聆听在我们自性深处声音虽小却明亮动人的钟声吧！让我们在高山的时候，听高山之钟；在海滨，听海滨之钟；在森林，听林木之钟；在变幻的蓝天，听白云、霞彩、霓虹，甚至乌云的钟声。

这个世界，到处都敲着召集有缘人的钟声，随遇都是有缘人，钟声不只敲在天台山谷，也不只响遍寺院之中，只要我们足够明净，时时都能听到有缘的钟声。

秋天的心

我喜欢《唐子西文录》中的两句诗：

山僧不解数甲子，一叶落知天下秋。

这是说山上的和尚不知道如何计算甲子日历，只知道观察自然，看到一片树叶落下就知道天下都已是秋天了。从前读贾岛的诗，有“秋风吹渭水，落叶满长安”之句，对秋天萧瑟的景象颇有感触，但说到气派悠闲，就不如“一叶落知天下秋”了。

现代都市人正好相反，可以说是“落叶满天不知秋，世人只会数甲子”，对现代人而言，时间观念只剩下日历，有时日历犹不足以形容，而是只剩下钟表了，谁会去管是什么日子呢？三百多年前，当汉人到台湾来垦殖移民的时候，发现台湾的平埔人非但没有日历，甚至没有年岁，不能分辨四时，而是以山上的刺桐花开为一年，过着逍遥自在的生活。初到的汉人想当然地感慨其“文化”落后，逐渐同化了平埔人。到今天，平埔人快要成为历史名词，他们有了年岁、知道四时，可是平埔人后裔，有很多已经不知道什么是刺桐花了。

对岁月的感知变化由立体到平面可以如此迅速，怎不让人兴叹？以现代人为例，在农业社会还深刻知道天气、岁时、植物、种作等等变化是和人密切结合的。但是，商业形态改变了我们，春天是朝九晚五，冬天也是朝九晚五；晴天和雨天已经没有任何差别了。这虽使人离开了“看天吃饭”的阴影，却也多少让人失去了感时忧国的情怀，以及胸怀天下的襟抱了。

记得住在乡下的时候，大厅墙壁上总挂着一册农民历，大人要办事，大至播种耕耘、搬家嫁娶，小至安床沐浴、立券交易都会去看农民历。因此到了年尾，一本农民历差不多翻烂了，使我从小对农民历书就有一种特别亲切的感情。

一直到现在，我还保持着看农民历的习惯，觉得读农民历是快乐的事。就看秋天吧，从立秋、处暑、白露到秋分、寒露、霜降，都是美极了，那清晨田野中白色的露珠，黄昏林园里清黄的落叶，不都是在说秋天吗？所以，虽然时光不再，我们都不应该失去农民那种在自然中安身立命的心情。

城市不是没有秋天，如果我们静下心来就会知道，本来从东南方吹来的风，现在转到北方了；早晚气候的寒凉，就如同北地里的霜降；早晨的旭日与黄昏的彩霞，都与春天时大有不同了。变化最大的是天空和云彩，在夏日明亮的天空，渐渐地加深蓝色的调子，云更高、更白，飘动的时候仿佛带着轻微的风。每天我走到阳台抬头看天空，知道这是真正的秋天，是童年田园记忆中的那个秋天，是平埔人刺桐花开的那个秋天，也是唐朝山僧在山上见到落叶的同一个秋天。

如若能感知天下，能与落叶飞花同呼吸，能保有在自然中谦卑的心情，就是住在最热闹的城市，秋天也不会远去。如果眼里只有手表、金钱、工作，即使在路上被落叶击中，也见不到秋天的美。

秋天的美多少带点萧瑟之意，就像宋人吴文英写的词“何处合成愁，离人心上秋”，一般人认为秋天的心情会有些愁恼肃杀。其实，秋天是禾熟的季节，何尝没有清朗圆满的启示呢？

我也喜欢韦应物一首秋天的诗：

今朝郡斋冷，忽念山中客。
涧底束荆薪，归来煮白石。
欲持一瓢酒，远慰风雨夕。
落叶满空山，何处寻行迹？

在这风云滔滔的人世，就是秋天如此美丽清明的季节，要在空山的落叶中寻找朋友的足迹是多么困难！但是，即使在红砖道上，淹没在人潮车流之中，要找自己的足迹，更是艰辛呀！

时光若水
日子如莲

长途跋涉的肉羹

在我读小学五年级的时候，有一次看见爸爸满头大汗从外地回来，手里提着一个用草绳绑着的全新的铁锅。

他一面走，一面召集我们："来，快来吃肉羹，这是爸爸吃过最好吃的肉羹。"

他边解开草绳，边说起那一锅肉羹的来历。

爸爸到遥远的凤山去办农会的事，中午到市场吃肉羹，发现那摊上的肉羹非常的美味，他心里想着："但愿我的妻儿也可以吃到这么美味的肉羹呀！"

但是那个时代没有塑料袋，要外带肉羹真是困难的事。爸爸随即到附近的五金行买了一个铁锅，并向头家要了一条草绳，然后转回肉羹摊，买了满满一锅肉羹，用草绳绑好，提着回家。

当时的交通不便，从凤山到旗山的道路颠簸不平，平时不提任何东西坐客运车都会晕头转向、灰头土脸，何况是提着满满一锅肉羹呢？

把整锅肉羹夹在双腿间，坐客运车回转家园的爸爸，那种惊险的情状是可以想见的。虽然他是这么小心翼翼，肉羹还是溢出不少，回到家，锅外和草绳上都已经沾满肉羹的汤汁了，甚至爸爸的长裤也湿了一大片。

锅子在我们的围观下打开，肉羹只剩下半锅。

妈妈为我们每个孩子添了半碗肉羹，也为自己添了半碗。

由于我们知道这是爸爸千辛万苦从凤山提回来的肉羹，吃的时候就有一种庄严、欢喜、期待的心情，一反我们平常狼吞虎咽的样子，一小口一小口地品尝那长途跋涉，饱含着爱、还有着爱的余温的肉羹。

爸爸开心地坐在一旁欣赏我们的吃相，露出他惯有的开朗的笑容。

妈妈边吃肉羹边说："这凤山提回来的肉羹确实真好吃！"

爸爸说："就是真好吃，我才会费尽心机提这么远回来呀！这铁锅的价钱是肉羹的十倍呀！"

当爸爸这样说的时候，我感觉温馨的气息随着肉羹与香菜的味道，充塞了整个饭厅。

不，那时我们不叫饭厅，而是灶间。

那一年，在黝黯的灶间，在昏黄的烛光下吃的肉羹是那么美味，经过三十几年了，我还没有吃过比那更好吃的肉羹。

因为那肉羹加了一种特别的作料，是爸爸充沛的爱以及长途跋涉的表达呀！这使我真实地体验到，光是充沛的爱还是不足的，与爱同等重要的是努力的实践与真实的表达，没有透过实践与表达的爱，是无形的、虚妄的。我想，这是爸爸妈妈那一代人，他们的爱那样丰盈真实，却从来不说"我爱你"，甚至终其一生没有说过一个"爱"字的理由吧！

爱是作料，要加在肉羹里，才会更美味。

自从吃了爸爸从凤山提回来的肉羹，每次我路过凤山，都有一种亲切之感。这凤山，是爸爸从前买肉羹的地方呢！

我的父母都是善于表达爱的人，因此，在我很幼年的时候，就知道再微小的事物，也可以作为感情的表达；而再贫苦的生活，也因为这种表达而显现出幸福的面貌。

幸福，常常是隐藏在平常的事物中，只要加一点用心，平常事物就会变得非凡、美好、庄严了。只要加一点心，凡俗的日子就会变得可爱、可亲、可想念了。

就像不管我的年岁如何增长、不论我在天涯海角，只要一想到爸爸从凤山提回来的那一锅肉羹，心中依然有三十年前的汹涌热潮在滚动。肉羹可能会冷，生命中的爱与祝愿，永远是热腾腾的；肉羹可能在动荡中会满溢出来，生活里被珍藏的真情蜜意，则永不逝去。

爱情树

在中国的传说中，爱情充满来世的向往，有的成为连理枝，有的变作比翼鸟，也有的化作彩蝶双双飞。也许是巧合吧！在希腊罗马的神话中也有许多类似的传说，有的成树，有的化鸟，甚至有的变成交缠的河水流向大海。

尤其是树。不知道为什么希腊罗马神话对树特别钟情。在西方，几乎每一位传说中的大神都有自己的生命树，像众神之王宙斯的树是橡树，女战神雅典娜的树是橄榄树，太阳神阿波罗拥有月桂树，美神维纳斯拥有桃金娘树……其中以阿波罗的月桂树最有名，古今中外的诗人都以戴上月桂编成的“桂冠”为荣。

但是在希腊罗马神话中出现的爱情树却又不同，它们是桑树、月桂树、菩提树和橡树，这些在我们生活中最平常不过的树，都是神话中爱情的象征。

第一棵桑树象征的是匹勒姆斯与西丝比的爱情。据说在很久很久以前，桑树的果实是白色的，现在桑果的红色是被爱情的血染成的。在古老的巴比伦城里住了一对青年匹勒姆斯和西丝比，两家之间只隔了一道墙，却因为家长的反对不能来往。两人每天都隔着墙，往墙缝中倾诉着相思，后来他们终于忍不住炽热的恋情，相约出走，约定在尼纳斯墓前，一棵长满雪白浆果的桑树下相会。

西丝比先到了约会地点，不料却在树中遇到一只刚吃过动物的狮子，她惊恐地逃开了，却在仓促间遗落了身上的斗篷，狮子回去的时候看到斗篷，将它撕得粉碎。等到匹勒姆斯到桑树下时，不见西丝比，看到的是撕碎了、染满动物血迹的斗篷，旁边还留着狮子深深的脚印，匹勒姆斯为之心碎，拾起碎烂的斗篷深深吻着，带到桑树下，含泪对桑树说：“现在，你将染上我的鲜血。”他拔剑自刎，鲜血向上喷射，顿时将雪白的桑果染成一片鲜红。

走远的西丝比虽怕狮子，更担心误了爱人的约会，她又悄悄回到桑树下。看到死去的匹勒姆斯和他手中的斗篷，就完全明白了；她拾起爱人滑落的剑，刺进自己的心窝，她的血也染上桑果。从此以后，世上的桑果都成为红色如血一般，为这一对真心相爱的恋人做着永恒的见证。

第二棵月桂树是关于阿波罗和达芙妮的，达芙妮是森林中最美丽的年轻女猎人，因为她绝世的美，使她不喜欢凡间的男子，每天在森林中狩猎。有一天她在林中的时候，被太阳神阿波罗看见了，阿波罗为她的标致和美丽所震慑，并深深地爱上了她。

她发现了阿波罗，以为是凡间的男子，于是拼命奔逃，因为她天生就是猎人，连阿波罗也追不上，阿波罗在背后呼喊：“请停下来，看看我是谁，我不是粗野的乡巴佬，也不是牧羊人，而是台尔菲城的主宰阿波罗，而且我深爱着你！”

达芙妮更加没命地奔跑，眼见就要跑到树林尽头的河流时，她浑身感到一片麻木，她的双脚在地上扎了根，树皮裹住她的身体，同时长出树叶，变成一棵月桂树。阿波罗赶到树边时哀伤地说：“啊！最美丽的少女，我已失去了你，但是你至少将成为永远属于我的树。”

与前面不同的，有关于菩提树和橡树的神话，有一个圆满的结局。话说爱神丘比特和商业之神墨丘利厌倦了神山的生活，装扮成穷人模样，到处溜达，不论高楼大厦或蓬门荜户，他们都试着敲门乞食和请求留宿，他们总是被傲慢的主人拒于门外，最后他们敲开了一座简陋的茅屋，主人是一对老夫妇斐利蒙和包雪丝。

这一对老夫妇至为穷苦，但是他们热心地为丘比特两人准备食物，请他们吃橄榄、萝卜、鸡蛋、包心菜，甚至仅有的猪肉和酒。

丘比特和墨丘利为他们的仁慈而感动，对他们说：“你们做了神的主人，应该得到赏赐，这个蔑视贫穷异乡人的国度应该受到严厉惩罚，但你们可以免于劫数。”他们带老夫妇走出茅屋，只见屋外一片汪洋，土地和居民全被淹没，他们低矮的小茅屋则成为金碧辉煌的宫殿，有纯白的大理石柱和黄金的屋顶。

丘比特说：“善良的人，你们想要什么请开口，都会如愿以偿。”老夫妇说：“我们已共同生活了很久，让我们永远不要单独活着，并且一起死吧！”

这对老夫妇在宫殿中生活了很久，到他们年岁很老的时候，变成树木，那是菩提树和橡树，长在同一根树干上——这棵树成为贫穷但恒久爱情的象征。

以上是三则希腊罗马神话里有关爱情的树的传说，为什么这些神话不用别的东西做象征，偏偏以树木做象征呢？

这个问题非常引人深思。大致而言，早在希腊罗马神话开始时，对人间爱情的恒久性就是怀疑的，因为爱情里有太多“变”的因素，唯有像树一样的自然植物才少有变数。

太阳神阿波罗是何等尊贵，是光之神，也是真理之神，法力无边，即使他如此高贵，都无法用神力赢得平凡女子达芙妮的爱情，只能将她变成一棵树来拥有她——爱情是连神都无能为力的，何况是凡人？

再好的爱情也不能在凡间里永远存在，像斐利蒙和包雪丝老夫妇，他们相爱一世，到了最后，只有化成树才能永恒。其实树也不一定永恒的，终有枯萎的一天。

这样说来，人间的至爱至情到头来无不是悲剧，因为人的生命如此有限，而爱的变数又那么巨大，谁也不能保证能从一而终。“天若有情天亦老，地若有爱地也荒”就是这个道理。法力无边的神是老早就看穿了情爱微薄的基础，就连爱神丘比特也因怀疑妻子的信守一度离开了她。

神话中的许多结论使我们对爱情不免要失望，幸好在爱情里，生命和变数都不是最重要，重要的是精神。我们吃桑果的时候，思及匹勒姆斯和西丝比殉情的血，那血中有长远的爱情象征，那是精神：可以冲破黑暗的绝望，让我们知道，被情爱之血染红的桑果永远会红下去。

正由于爱情是那么脆弱单薄，我们更要珍惜地灌溉爱情的树，让它有清洁的空气、明亮的阳光、充足的水分，生长在广阔的大地上，稍微疏忽，它很快就会枯萎了；一旦枯萎，众神都无能为力，人力哪里能挽回？

注：这篇文章引的神话，取材自阿迪斯·汉密尔顿收集的《希腊罗马神话故事》，原文甚长，这里删除了大部分，只保留故事的骨干。

一九八三年六月二十九日

雪与爱

终年在冰天雪地里生活，抬眼所见只有一片银白，没有远近，没有距离，没有边缘，究竟会产生什么样的情况呢？一位朋友对爱斯基摩人的文化与生活很有兴趣，谈到爱斯基摩人种种，在冬天的冷冽中听起来饶有兴味。

他说，在爱斯基摩的文字中，就有三十个“雪”字，用以分辨那在一片白茫茫世界里雪的诸相。在我们平常所习知的雪中，爱斯基摩人因为长时间细致的体察，竟能一一辨别出它们在颜色与结构之间的不同，而且由于环境里只有冰雪一种情况，为了在语言与文字中能确实表达环境，也因而不得不发展出三十个雪字来。

这真是一个动人的说法，我向来觉得中国文字结构可因观察力的细密无限延展，可是打开再大的辞典，关于雪的描写也不过寥寥数字，如雪、雱、雹、霙、霁、霜、霰，而且有的字意还互相交缠，比起爱斯基摩人就显得相当粗疏了，因此我们说爱斯基摩人是世界上最了解冰雪的民族，一点也不为过。他们就在那无垠的雪中生活，从生活里对雪有了最细微精密的体察。

朋友又说：“爱斯基摩人应用敏锐的观察力，积累下对地形与风向的惊人认识，在外人以为全无辨识目标的单调地方，对他们来说却充满了意义丰富的参照点。在月黑风高而拉橇的狗也没有把握的情况下，猎者仍旧毫不犹豫地出门，他们用皮衣软毛飘动的方向定位后继续路程；他们在雪丘上看出风痕，在雾封的海岸听风声与拍岸的浪声以测位航行（关于风的字眼至少有十二个）；在能见度等于零时，他们听岬角上的鸟鸣，嗅土地与浪涛，感受脸上的水沫与风，以屁股去读风与波涛相互影响的模式。他们告诉你一只鸟在天上，你硬是看不见，这并非他们生来有非凡双眼，而是由于他们当下即进入经验本身，一见即成为所见。他们不是观察者而是参与者。”

我们终于知道爱斯基摩人为何有很多“雪”字，那是由于他们并不是在观察雪或感受雪，他们是雪中的子民，雪是他们与生俱来的生活，他们的生命里有雪，是一种确实经验的本体。

反倒是他们所雕刻的艺术，人的脸部通常没有五官，因为他们把生活的要素减到最少，艺术亦然。对爱斯基摩人来说，行动的姿势比五官的清楚还要重要，他们不是透过表情来表达思想，而是把思想寄托在行动之中。由于永不止息的行动能抗风御雪，在那块冰雪永不解冻的土地上，风以七十英里以上时速吹吼，一般人在那儿生活，会使血中的白细胞减少，抗病力减低，引起缺氧诸病，以及全身碱中毒，但是这样的土地却是爱斯基摩人最热爱的土地。

这种热爱是可以理解的，因为雪是他们与生俱来的东西，婴儿的第一次澡是用雪来洗，死亡时也埋在雪中。

探测了雪对爱斯基摩人的意义与存在，便找想到我们对身边事物的任何理解几乎全比不上他们对雪的明白。就说是“爱”好了，我们所居的人间，爱是何其多样，何其复杂，然而我们只有一个“爱”字可以表达，其无力可想而知。

古来的文学艺术之浩瀚，全在为了表达一个“爱”字，它所描写的人生的喜怒哀乐、恩怨情仇，是从正面去面对一个爱，从反面去反映一个爱，从侧面去观察一个爱，甚至从里面去参与一个爱。但由于文字意涵的纷繁，这些爱的情感往

往不能作完全明晰的写照，加上各人经验的不同，也作了多重解释。从好处说，是产生了多重意义，从负面上看，则真不如爱斯基摩人对“雪”那样明确真实的描绘了。

为什么我们的一生为爱所左右？我们日日活在爱的情感中，竟不能真切说出爱的有为法呢？我们在面对茫茫人世的未可知里，是否能从空气的气味、风飘动的衣角、大海拍岸的浪声，或者说仅从一只鸟的飞向，就判断出爱的方向，毅然出门追寻呢？

其实，爱的大情感，在大的层面里就如同一片冰白之雪，敏感的人从里面找到不同的东西，也只有自己对爱的体会才是最真实的；鲁钝的人只看到一片白，难以揣测在那看起来完全相同的表面，竟可以有深沉的神秘与复杂——恐怕有一些人从未有过爱，正如同有人一生完全没有见过雪一般。

爱斯基摩人对雪的细密敏锐，原是经过多少世纪的熬炼，由此想到，我们在这个时代里如何熬炼自己的爱；那么，有一天说不定我们也能从一片没有远近、没有距离、没有边缘的情感中，一口气描绘出三十种以上的差别，到那一天，我们生命中的爱就算有一个阶段的完成了。

一九八三年一月十八日

断臂的国王（寓言）

有个断臂的国王
要订做一件新衣

第一个裁缝为他缝了一件
只有一个袖子的新衣
国王把这裁缝杀了

第二个裁缝为他缝了一件
两个袖子的新衣
国王也把那个裁缝杀了

第三个裁缝说：我不能做新衣，因为您只有一只手
国王也把他杀了

夜里
国王脱光衣服

看自己的一只断臂
偷偷地哭泣
因为他找不到裁缝
为他做新衣

后来有一个裁缝为国王做了一件
没有袖子的衣服
将国王的手与他的断臂
隐藏在麻袋似的衣中
国王很高兴地对裁缝说：
从日出到日落，你跑过的土地都赐给你

裁缝为了得到更广大的土地
一路没命地奔跑
最后死在日落时的黄沙里
裁缝终于得到他的土地
他的土地是
一个仅能容纳他尸体的地方

裁缝的悲剧是
为了土地忘记自己是个裁缝
国王的悲剧是
他得到的新衣根本不是一件衣服

国王穿新衣时伪装地笑着
脱光了衣服
便躲在无人的地方对镜
看自己残缺的肢体偷偷哭泣
因为
他再也找不到第五个裁缝

有一个江湖传闻说
国王有一天醉酒
褪下他的新衣
赤身跑进森林里去
那国
便没有了国王
那国
也没有了裁缝
那国只剩下一批裸身的男女

附记：这不是诗，而是一个分行的寓言。“国王”是指未婚的男女，“新衣”是指婚姻，“裁缝”是每个人对婚姻的努力。

南　国

我喜欢王维一首简短的诗：

红豆生南国，春来发几枝。
愿君多采撷，此物最相思。

尤其喜欢这首诗里的“南国”与“相思”，南国是在什么地方呢？南国又象征了什么呢？对于写这首诗的王维，他当时是在北地还是南国？他有没有特别思念着的人呢？

相对于“南国”的是“北地”，而相对于“春来”的是“秋去”，它的意象就这样丰富了起来：在南国的人采了红豆，想到好不容易到了春天，又想到秋天的时候到北地去的人，他是不是有着相思呢？

相思？

是的，“相思”是多么高洁的意象呀！我一直认为相思是爱情中最动人的因素，相思令人甜美、引人伤怀、使人辗转、让人悲绝，古来中国的爱情中最常见的病就是“相思病”，有因相思而憔悴的，也有因相思而离开世间的。

相思就是“互相的思念”，看红豆时可以想到故人旧情，只是一种象征，事

实上相思是一种心行，从心而有，心里想念着故人，就是寒夜中闪动的萤火，都像是情人寄来的灯盏呀？

在佛经里说“人唯情有”，是说投生到这世界的人，就是为了情而投生的，他们存情、执情、迷情，甚至唯情，使人因此生生世世在情里流转。这种“情有”就是“隔世的相思”，可见相思不仅能穿破空间无限的藩篱，甚至能打破时间生世的阻隔。

我们因为舍不得离开在世间曾有的情爱，再轮回时又回来和亲人情侣相会，这时就有了因缘，我们的相思使我们的因缘聚合，但在因缘尽了的时候又使我们因离别而相思。

从生死因缘的观点来看，我们若是从南国离开这个世间，那么我们为了和从前的因缘相会，就会因情爱再投生到南国去。佛经里说我们这个世界是“娑婆世界”，又说是“南阎浮提”，南阎浮提不正是我们堕入相思迷惘的南国吗？

有许多许多人，他们在面对情爱的时候，最常挂在口中的是“随缘”，也就是随着因缘流转，缘生固然是好，缘灭也不悲忧，可是随缘总有无助的味道，完全随缘，就是完全的流转，将会留下不少的憾恨。

我想，更好的态度是“惜缘”，珍惜今生的每一次会面、珍惜今生的每一次爱情，甚至珍惜每一次因缘的散灭，才使我们能相思、懂得相思，并且在相思时知道因缘的真谛，而不存有丝毫的遗憾与怨恨。

现代人最可怕的是失去了对“相思”的认识，大部分人都不能真正惜缘，使得情人间的爱都成为“露水姻缘”，露水是不能隔日的，还能有什么相思呢？

让我们心情幽静地来读一次王维的诗：“红豆生南国，春来发几枝。愿君多采撷，此物最相思。”我们是不是相思起南国或北地的人呢？当我们能相思的时候，我们的心就像一面澄澈的湖水，可以照见情爱中高洁的境界。

我们的相思，可以使我们的意念如顺风的船，顺利地驶向目的地；但这种意念顺利地开拔，是不是让我们从相思里产生一些自觉呢？自觉到我们的生命所要驶去的方向。这样相思才不会因烧灼使我们堕落，且因距离而使我们清明。

总有群星在天上

我沿着开满绿茵的小路散步，背后忽然有人说：“你还认识我吗？”

我转身凝视她半天，老实地说：“我记不得你的名字了。”

她说：“我是你年轻时第一次最大的烦恼。”她的眼睛极美，仿佛是大气中饱孕露珠的清晨，试图唤醒我的回忆。

我默默地站了一会儿，感到自己就是那清晨，我说：“你已卸下了你泪珠中的一切负担了吗？”

她微笑不语，我感觉到她的笑语就是从前眼泪所化成的。

“你曾说，”看到我有如湖水般清澈平静，她忍不住低声地说，“你曾说，你会把悲痛永远刻在心版。”

我脸红了，说：“是的，但岁月流转，我已忘记悲痛。”

然后，我握着她的手说：“你也变了。”

“曾经是烦恼的，如今已变成平静了。”她说。

最后，我们牵着手在开满绿茵的小路散步，两个人都像清晨大气中饱含的露珠，清澈、平静、饱满。

昨天悲痛的露珠早已消散，今晨的露珠也在微笑中，逐渐消散了。

这是泰戈尔《即兴诗集》里的一段，我改写了一点点，使它具有一些“林清玄风格”，寄给你。我觉得这一段话很能为我们情爱的过往写下注脚。我偶尔也会遇见年轻时给我悲痛与烦恼的人，就感觉自己很能接近这首叙事诗的心情了。

我很能体会你此时的心情，因为不想伤害别人，以致迟迟不能做出分手的决定。你是那样的善良与纯真（就像我的少年时代），可是，往往因为我们不忍别人受伤，到最后，自己却受了最大的伤害，那就像把一支蜡烛围起来烧一样（因为我们怕烧到别人），自己承受了浓烟和窒息。其实，只要我们把蜡烛拿到桌面上，黑暗的房子看得更清楚，自己和别人说不定因此有一些光明与温暖的体会。

这些年来，我日益觉得智慧的重要。什么是“智慧”呢？智是观察和思考的能力，慧是抉择与判断的能力。你的情形是很容易做观察和抉择的。爱上你的人是你不该爱的人，而选择分手可以使你卸下负担得到自由，为什么不选择及早地分手呢？你不忍对方受伤害，但是，爱必然会带着伤害，特别是不正常不平衡的爱，伤害是必然的，我们要学习受伤，别人也要学习受伤呀！

我再写一首泰戈尔的短诗给你：

烟对天空、灰对大地自夸：

“火是我们的兄弟。”

悲伤对心、烦恼对生命自矜：

“爱是我们的姊妹。”

问了火和爱，他们都说：

“我们怎么会有那样的兄弟姊妹？”

“我的兄弟是温暖和光明。”火说。

“我的姊妹是温柔与和平。”爱说。

在我们生命的岁月里，火和爱或许是必要的，但不必要弄得自己烟尘滚滚、灰头土脸，也不必一定要悲伤和烦恼，那就像每天有黎明与日落一般，大地坦然地承受罢了。不正常与不平衡的爱是人生最好的启蒙，就如同乌云与暴风雨是天空最好的启示一般。

关于心、关于生命，没有什么是真正的伤害，也没有什么是真正的好。雨在下的时候可能觉得自己对茉莉花是有好处的，但盛开的茉莉花可能因为一场微雨凋落了；曝晒的阳光可能觉得自己会伤害秋日的土地，但土地中的种子却因为阳光能青翠地发芽了。爱情的成熟与圆满正是如此，只要不失真心，没有什么可以伤害我们真实的生命。

在写信给你的时候，我的思想像一只天鹅飞翔，忆起自己在笔记上写过的一些东西：

箭在弓上时，箭听见弓的低语：
“你的自由是我给予的。”
箭射出时，回头对弓大声说：
“我的自由是我自己的。”

——没有飞翔，就没有自由。

——没有放下，就没有自由。

——没有自由，弓与箭都失去意义。

这些都是游戏的笔墨，我们千万别忘了弓箭之后有拉弓的力，力之后还有人，人还要站在一个广大的空间上。

人人都渴望爱情，即使我们正处在其中的爱情不是最好的，却因为渴求而盲目了，这一点连天神也不例外。希腊神话里太阳神阿波罗在追求猎户少女达芙妮时，因为追不到，使她被父亲化成一棵月桂树，然后感叹地说："你虽不爱我，但最低限度你必须成为我的树。"从此，阿波罗的头上总是戴着月桂冠，纪念他对达芙妮的爱。牧神潘恩则把女神灵化成一簇芦苇，并把她化成一支芦笛随身携带。世上最美的少年那喀索斯无法全心地爱别人（因为他太爱自己了），最后他化为池中的一朵水仙花。另一位美少年许阿铿托斯则因为阿波罗的嫉妒而变成一枝随风飘泊的风信子……

神话是一个象征，象征人要从情爱中得到自由自在、无碍解脱是多么艰难呀！但是学习是人间的功课，到现在我还在学习，只是我每看到人在情爱中挣扎都是感同身受，希望别人早日得到超越，那是因为我们的学习不一定要自己深陷泥沼才会体验到，有观照之智、抉择之慧，也知道那泥沼的所在和深浅，绕道而行或跨步而过。

希望下次收到你的信，就听见你的好消息。我们不必编月桂冠戴在头上，不必随身携带芦笛，人生有许多花朵等我们去采。如果只想采断崖绝壁那一朵绝美的百合，很可能百合没有采到，清晨已经消逝了。

青春的珍惜是最重要的。在不正常不平衡的爱里浪掷青春，将会使人生的黄金岁月过得茫然而痛苦。青春像鸟，应该努力往远处飞翔。爱情纵使贵如黄金，鸟的翅膀上绑着黄金，也会使最善飞翔的鸟为之坠落！

屋里的小灯虽然熄灭了，
但我不畏惧黑暗，
因为，总有群星在天上。
爱情虽然会带来悲伤，
一如最美的玫瑰有刺，
但我不畏惧玫瑰，
因为，我有玫瑰园，
我只欣赏，而不采摘。

但愿这封信能抚慰你挣扎的心，并带来一些启示。

送你一勺西湖水

人心必须珍藏某种信念，

必须握住某种梦想与希望，

必须有彩虹，必须有歌可唱，

必须有高贵的事务可以投身。

——杜威

在杭州的旅途中，一位温婉细致的少女送了我一个装满水土的瓶子，还附了一封信。

我忙完了在杭州的演讲后，回到旅店，仔细地读这封信，忍不住使我的眼睛湿润起来：

得知先生是第一次来大陆，真是好感动、好感动，想哭。不知道先生有没有回到家的感觉？记得先生在书中写到过，每次离家远行，母亲总要您带上一个小瓶子，装着家乡水土的小瓶子。

那一瞬间，我突然有一个很美好的愿望——希望林先生离开大陆回台湾时带上一瓶本地的水土。

我送先生的瓶子里，装的是西湖的水和白堤、苏堤的泥土。

我今天起了一个大早，骑车到白堤和苏堤取了些泥土，又在西湖里打了瓶水。回来的路上，雨下得挺大，汗水、雨水，还有泪水一起顺着脸颊淌下来。那是一种兴奋和幸福的泪啊！终于把先生给盼来了！只是，先生为我们做了那么多，而我为先生做的只能是这么一点了。

白堤和苏堤是白居易和苏东坡在杭州任职时，为便利百姓而修建的，而先生您此次来杭，则给杭州乃至整个大陆的人们带来了心灵的甘露，从这种意义上说，你们是一样的。

送白堤、苏堤的土，就出于这样一种感激的心情，希望这个小小的瓶子能保佑先生旅途顺利、身体健康。

我把那装满水土的瓶子打开，闻到一阵水草的芬芳，看着瓶子上的两行小字："心里总是不忘对你真诚的祝福，就像夜夜不忘升起的星星。"我的内心洋溢着满满的感动，想到这是我第一次到大陆，第一站是在杭州，就有人送给我如此珍贵的、无价的礼物。这礼物是出自一个纯美温柔的心灵，以及天真烂漫的情怀。

将西湖的水土细心地收进我的行李箱中，我想我将会带回台北，放在书案上，在写作读书的时候，我就会怀想在西湖边散步、在西湖上泛舟以及在西湖茶馆饮龙井的日子，当然我也会想念起在杭州认识的许多朋友，我们虽迢遥千里，却能飞越时空，以心灵相会。

想起从台北出发到大陆之前，一些经常往返的朋友对我说起："大陆的青年朋友非常纯朴，但是非常木讷，不善于表达感情。"

走过几个城市之后，才发现完全不是如此，大陆的青年朋友不但十分热情，而且也勇于把心里的情感表达出来。他们在听演讲时掌声特别热烈、笑声格外响亮；他们在向我倾诉时态度诚挚、眼神分外动人，甚至有一位年轻朋友清晨五点钟到山上摘了两束野花，插在我客居旅店的窗前……

他们的热情就像熊熊的烈火，每天都让我处在感动之中。

我一向认为，一个人如果心中充满了爱，却不懂得如何表达，那不仅自己活在痛苦中，对别人而言，也等于是没有爱一样。所以，内心的情感和外在的表达同等重要。

再深一层地说，如果一个人内心的爱还不够充满，但只要有一点的关怀、一点的善意、一点的温柔，试着把那一点表达出来，久而久之，内心的情感也会因为清晰而深刻，因深刻而充沛了。

爱的表达并不一定需要物质，例如情人节一定要买玫瑰花；爱的表达也不必要昂贵的礼物，例如送黄金钻戒；爱的表达更不必要落于形式，例如上黄山锁上连心锁。

因为，落于形式的，就会轻忽内容。

因为，落于物质的，就会少了灵气。

因为，凡是昂贵的礼物都有价格，而真正的爱是无价的。

懂得表达爱的人，一声赞美、一个微笑、一束野花、一勺西湖水，都是无价之宝，其中都饱满了珍贵的心、淳美的情感。

懂得表达爱的人，不仅懂得付出，也会懂得宽容；不仅懂得温柔，也会懂得坚持；不仅懂得珍惜，也会懂得无私……更重要的是，懂得表达爱的人，仿佛每天的内心都经过洗涤，变得清澈纯净，久而久之，恨也就无影无踪了。

从青年时代，我就期许自己成为懂得爱，并懂得表达爱的人，我的文章也正是在为自己的情感寻找出路，并且在寻找万里外知音的人。这就像雨中取来的西湖水，有着无价的心意。

这次到大陆，在许多大学演讲，我总是反复强调感觉的深刻、体会的重要，以及美与爱的追寻和表达。在遇到许多深深感动我的年轻朋友时，我总觉得我们不需要言语，只需要微笑，还有真诚的注视。

我多么希望把浙江大学医学系的盛雯雯送我的西湖水，分送给我遇到的每一位青年朋友，希望大家都能把爱表达出来。那是因为生命无常，我们能在偶然的时空中心灵交会，那种喜悦，一生又会有几次呢？

此刻，我住在黄山下的旅店，从窗子望出去，可以看到满天升起的星星，繁星是夜的眼睛，正注视着屯溪这个小城。想到在我幼年的时候，总觉得逝去的日子并未真正消失，而是一颗　颗升上天空，化为星辰，并照亮着未来的路。

童年的祝愿虽然天真，却是诚挚的。生而为人，心灵犹如暗夜的天空，从前我们在人间生起的爱有如星星点灯，使我们的心空温柔而明亮，繁华而有致。

我们点燃过许多星星，我们还可以点亮无数的星星，虽然人世寂寥暗淡，我们也可以互相照亮。

生命是一个一个的旅店，送你一勺西湖水呀！愿你旅途顺利，平安无恙。

生平一瓣香

你提到我们少年时代，常坐在淡水河口看夕阳斜落，然后月亮自水面冉冉上升的景况，你说：“我们常边饮酒边赋歌，边看月亮从水面浮起，把月光与月影投射在河上，水的波浪常把月色拉长又挤扁，当时只是觉得有趣，甚至痴迷得醉了。没想到去国多年，有一次在密西西比河水中观月，与我们的年少时光相叠，故国山川真如水中之月，镜中之花，挤扁又拉长，最后连年轻的岁月也成为镜花水月了。”

这许多感怀，使你在密西西比河畔因而为之动容落泪，我读了以后也是心有戚戚。才是一转眼间，我们竟已度过几次爱情的水月镜花，也度过不少挤扁又拉长的人世浮嚣了。

还记否？当年我们在木栅的小木屋里临墙赋诗，我的木屋中四壁萧然，写满了朋友们题的字句，而门上匾额写的是一首《困龙吟》。有一次夜深了，我在小灯下读钱钟书的《谈艺录》，窗外月光正照在小湖上，远听蛙鸣，我把书里的两段话用毛笔写在墙上：

水月镜花，固可见而不可捉，

然必有此水而后月可印潭，有此镜而后花可映面。

水与镜也，兴象风神，月与花也，

必水澄镜朗，然后花月宛然。

那时我是相当穷困，住在两坪大、只有一个书桌的小屋，我唯一的财产是满屋的书以及爱情。可是我是富足的，当我推开窗子，一棵大榕树面窗而立，树下是植满了荷花的小湖。附近人家是那么亲善，有时候，我为了送女友一串风铃到处告贷，以书果腹，你带酒和琴来，看到我的窘状，在我的门口写下两句话：

月缺不改光，剑折不改刚。

我在醉酒之后也高歌：“我醉欲眠君且去，明朝有意抱琴来。”那似乎是我们穷到只要有一杯酒、一卷书，就满足地觉得江山有待了。后来我还在穷得付不出房租的时候，跳窗离开那个木屋。

前些日子我路过，顺道转去看那一间我连一个月三百元房租都缴不起的木屋，木屋变成一幢高楼，大榕树魂魄不在，小湖也盖了一幢公寓，我站在那里怅望良久，竟然忘了自己身在何方，真像京戏《游园惊梦》里的人。

我于是想到世事如一场大梦，书香、酒魄、年轻的爱与梦想都离得远了，真的是镜花水月一场，空留余思。可是重要的是一种回应，如果那镜是清明，花即使谢了，也曾清楚地映照过；如果那水是澄朗，月即使沉落了，也曾明白地留下波光。水与镜似乎都是永恒的事物，明显如胸中的块垒，那么，花与月虽有开谢升沉，都是一种可贵的步迹。

我们都知道击石取火是祖先的故事，本来是两个没有生命的石头，一碰撞却生出火来，石中本来就有火种——再冷酷的事物也有它感性的一面——不断地敲击就有不断的火光，得火实在不难，难的是，得了火后怎么使那微小的火种得以不灭。镜与花、水与月本来也不相干，然而它们一相遇就生出短暂的美，我们怎样才能使那美得以永存呢？

只好靠我们的心了。

就在我正写信给你的时候，突然浮起两句古诗："笼中剪羽，仰看百鸟之翔。侧畔沉舟，坐阅千帆之过。"爱与生的美和苦恼不就是这样吗？岁月的百鸟一只一只地从窗前飞过，生命的千帆一艘一艘地从眼中航去，许多飞航得远了，还有许多正从那些不可测知的角落里飞航过来。

记得从你初到康乃狄格不久，曾经为了想喝一碗掺柠檬水的爱玉冰不可得而泪下，曾经为了在朋友处听到雨夜花的歌声而胸中翻滚，那说穿了也是一种回应，一种掺和了乡愁和少年情怀的回应。

我知道，我再也不可能回到小木屋去住了，我更知道，我们都再也回不到小木屋那种充满了精纯的真情的岁月了，这时节，我们要把握的便不再是花与月，而是水与镜，只要保有清澄朗净的水镜之心，我们还会再有新开的花和初升的月亮。

有一首词我是背得烂熟了，是陈与义的《临江仙》：

忆昔午桥桥上饮，
坐中多是豪英。
长沟流月去无声。
杏花疏影里，
吹笛到天明。

二十余年如一梦，
此身虽在堪惊。
闲登小阁看新晴。
古今多少事，
渔唱起三更。

我一直觉得，在我们不可把捉的尘世的运命中，我们不要管无情的背弃，我们不要管苦痛的创痕，只有维持一瓣香，在长夜的孤灯下，可以从陋室里的胸中散发出来，也就够了。

连石头都可以撞出火来，其他的还有什么可畏惧呢？

无关风月

有一年冬天天气最冷的时候，我住在高雄县的佛光山上，我是去度假，不是去朝圣，每天过着与平常一样的生活，睡得很迟。

一天，我睡觉的时候忘了关窗，半夜突然下起雨刮起风，风雨打进窗来把我从沉睡中惊醒，在温热的南部，冬夜里下雨是很稀少的事，我披衣坐起，将窗户关上，竟再也不能入眠。点了灯，屋上清光一脉，桌上白纸一张，在风雨之中，暗夜中的灯光像花瓣里的清露，晶莹而温暖，我面对着那一张本来应该记录我生活的白纸，竟一个字都无法下笔。

我坐在榻榻米上，静听从远方吹来的风声，直到清晨微明的阳光照映入窗，室内的小灯逐渐灰暗下来，这时候，寺庙的晨钟当一声破空而来，当——当——当，沉厚悠长的钟声遂一声接一声地震响了长空，我才深刻地知觉到这平时扰我清梦的钟声是如此纯明，好像人已站在极高的峰顶，那钟声却又用力拉拔，要把人超度到无限的青空之中，那是空中之音，清澈玲珑，不可凑泊；那是相中之色，羚羊挂角，无迹可循。

我推窗而立，寻觅钟声的来处，不觅犹可，一觅又使我大大地吃了一惊，只见几不可数的和尚和尼姑，都穿着整齐的铁灰色袈裟，分成两排长列，鱼贯地朝钟声走去，天上还下着小雨，他们好像无视于这尘世的风雨，一一走进了钟声的

包围之中。

和尚尼姑们都挺直腰杆，微俯着头，我站在高处，看不见任何一个表情，却看到他们剃得精光的头颅在风雨迷茫中闪闪生亮；一刹那，微微的晨光好像便普照了大地。那一长串钟声这时美得惊心，仿佛是自我的心底深处发出来，然后和尚尼姑诵晨经的声音从诵经堂沉厚地扬散出来，那声音不高不低不卑不亢，使大地在苏醒中一下子祥和起来，微风吹遍，我听不清经文，却也不免闭目享受那安宁的动人的诵经声。

那真是一次伟大的经验，听晨钟，想晨经，在风雨如晦的一间小小的客房中。

对于和尚尼姑，我一向怀有崇仰的心情，是起源于我深切地知道他们原都是人世间最有情的人，而他们物外的心情是由于在人世的涛浪中醒悟到情的苦难、情的酸楚，情的无知、情的怨憎，以及情所能带给人无边的恼恨与不可解，于是他们避居到远远离开人情的深山海湄，成为心体两忘的隐遁者。

可是，情到底是无涯无际的广辽，他们也不免有午夜梦回的时刻、有寂寞难耐的时刻，这时便需要转化、需要升华、需要提醒，暮鼓晨钟在午夜梦回之后的清晨，在彩霞满天、引人遐思的黄昏提醒他们，要从情的轮回中跃动出来，从无边的苦中惊觉到清净的心灵。诵经则使他们对情的牵系转化到心灵的单一之中，从一遍又一遍单调平和的声音里不断告诫自己、洗炼自己从人世里超脱出来。而他们的升华，乃是自人世里的小情小爱转化成为世人的大同情和大博爱。

到最后，他们只有给予，没有收受，掏肝掏肺地去爱一些从未谋面的，在人世里浮沉的人，如果真有天意，真有佛心，也许我们都曾在他们的礼赞中得到一些平和的慰安吧！

然而，日复一日的转化、升华和提醒是如此漫长无尽，那是永远不可能有解答，永远不可能有结局的，虽然只是钟声、经声，以及人间的同情，都不是很容易的事。

我想到人，人要从无情变成有情固然不易，要由有情修得无情或者不动情的境界，原也是这般的难呀！

苦难终会过去的，和尚与尼姑们诵完经，鱼贯地走回他们的屋子，有一位知客僧来敲我的门，要我去用早膳。这时我发现，风雨停了，阳光正在山头一边孤独的角落露出脸来。

布袋莲

七年前我租住在木栅一间仓库改成的小木屋，木屋虽矮虽破，我却因风景无比优美而觉得饶有情趣。

每日清晨我开窗向远望去，首先看到的是种植在窗边的累累木瓜树，再往前是一棵高大的榕树，榕树下有一片田园栽植了蔬菜和花圃，菜园与花圃围绕起来的是一个大约有半亩地的小湖，湖中不论春夏秋冬，总有房东喂养的鸭鹅在其中游嬉。

我每日在好风好景的窗口写作，疲倦了只要抬头望一望窗外，总觉得胸中顿时一片清朗。

我最喜欢的是小湖一角长满了青翠的布袋莲。布袋莲据说是一种生殖力强的低贱水生植物，有水的地方随便一丢，它就长出来了。而且长得繁茂强健。布袋莲的造型真是美，它的根部是一个圆形的球茎，绿的颜色中有许多层次，它的叶子也奇特，圆弧形地卷起，好像小孩仰着头望天空吹着小喇叭。

有时候，我会捞上几朵布袋莲放在我的书桌上，它没有土地，失去了水，往往还能绿很长一段时间，而且它的枯萎也不像一般植物，它是由绿转黄，然后慢慢干去，格外惹人怜爱。

后来，我住处附近搬来一位邻居，他养了几只羊，他的羊不知为什么喜欢吃榕树的叶子，每天他都要折下一大把榕树叶去养羊。到最后，他干脆把羊绑在榕树下，爬在树上摘叶子，才短短的几个星期，榕树叶全部被摘光了，剩下光秃秃的树枝，在野风中摇摆褪色的秃枝。

我憎恨那个放羊的中年汉子。

榕树叶吃完了，他说他的羊也爱吃布袋莲。

他特别做了一支长竹竿来捞取小湖中的布袋莲，一捞就是一大把，一大片的布袋莲没有多久就全被一群羊儿吃得一朵不剩。我虽几次制止他而发生争执，但是由于榕树和布袋莲都是野生，没有人种它们，它们长久以来就生长在那里，汉子一句话便把我问得哑口无言："是你种的吗？"

汉子的养羊技术并不好，他的羊不久就患病了；不久，他也搬离了那里，可是我却过了一个光秃秃的秋天，每次开窗就是一次心酸。

冬天到了，我常独自一个人在小湖边散步，看不见一朵布袋莲，也常抚摸那些被无情断丧的榕树枝，连在湖中的鸭鹅也没有往日玩得那么起劲。我常在夜里寒风吹响的窗声中，远望在清冷月色下已经死去的布袋莲，心酸得想落眼泪，我想，布袋莲和榕树都在这个小湖永远地消失了。

熬过冬天，我开始在春天忙碌起来，很怕开窗，自己躲在小屋里整理未完成的稿件。

有一日，旧友来访，提议到湖边散散步。我惊讶地发现榕树不知道什么时候萌发了细小的新芽，那新芽不是一叶两叶，而是千叶万叶，凡是曾经被折断的伤口边都冒出四五朵小小的芽，使那棵几乎枯去的榕树好像披上一件缀满绿色珍珠的外套。布袋莲更奇妙了，那原有的一角都已经扑满，还向两边延伸出去，虽然每一朵都只有一寸长，更因为低矮，使他们看起来更加缠绵，深绿还没有长成，是一片翠得透明的绿色。

我对朋友说起那群羊的故事，我们竟为了布袋莲和榕树的更生，快乐得在湖边拥抱起来，为了庆祝生的胜利，当夜我们就着窗外的春光，痛饮得醉了。

那时节，我只知道为榕树和布袋莲的新生而高兴，因为那一段日子活得太幸福了，完全不知道它有什么意义。

经过几年的沧桑创痛，我觉得情感和岁月都是磨人的，常把自己想成是一棵榕树，或是一片布袋莲，情感和岁月正牧着一群恶羊，一口一口地啃吃着我们原本翠绿活泼的心灵，有的人在这些啃吃中枯死了，有的人失败了，枯死和失败原是必有的事，问题是，东风是不是再来，是不是能自破裂的伤口边长出更多的新芽。

当然，伤口的旧痕是不可能完全复合的，被吃掉的布袋莲也不可能更生，不能复合不表示不能痊愈，不能更生不表示不能新生，任何情感和岁月的挫败，总有可以排解的办法吧！

我翻开七年前的日记，那一天酒醉后，我歪歪斜斜地写了两句话：

要为重活的高兴，

不要为死去的忧伤。

片片催零落

从小，我就是个沉默但好奇的孩子，有什么好玩的事总是瞒着父母奔跑去看，譬如听说哪里捕到一条五脚的乌龟，我是冒着被人踩扁的危险，也要钻到人丛中见识见识；有时候听到什么地方卖膏药的人会“杀人种瓜”的法术，我马上就背起书包，课也不上了，跑去一探究竟。爸爸妈妈常常找不到我，因为他们找我去买酱油的时候，说不定我正躲在公园的树上看情侣们的亲密行为。

我的这种个性，使我仿佛比同年纪的同学来得早熟一些。我小时候朋友不多，有的只是一起捣鸟巢、抓泥鳅、放风筝的那一伙，还有一起去赶布袋戏、歌仔戏、捡戏尾仔的那一票，谈不上有几个知心的朋友。我总觉得自己思想比他们高深一些，见识比他们广博一些。

小学四年级的时候，我们家附近一位大户人家要捡骨换坟，几天前我就在大人们的口中暗记下日期和地点。时间到的那一天，我背起书包装出若无其事地去上学，走到一半我就把书包埋在香蕉园中，折往坟场的方向去看热闹。

在我们乡下，捡骨是一件不小的事，要先请风水师来看风水，选定黄道吉日，做一场浩浩荡荡的法事，然后挖坟、开棺、捡骨，最后才重新觅地安葬。我到坟

场的时候，已经聚集了许多严肃着面孔的大人，为了怕被发现，我就躲在山上的高处静静观看。

那时候棺材已经被挖出来了，正正摆在坟坑旁边画线的位子里，我看着那一口红漆已经剥落得差不多的棺木，原来在喃喃私语的大人们一下子安静下来，等待道士做完法事的开棺典礼，终于，道士在地上喷出了最后一口水，开棺的时刻到了。

咿哑一声，棺木的盖子被两个大汉用力掀开了，哗，山下传来一声喊叫到一半突然煞住的惊呼声，我张眼一看，大吃一惊，原来那被掘出来的老婆婆的容颜竟还像活着一般，她灰白的头发梳理得整整齐齐，灰白的脸容有一层缩皱的皮，身上穿的是黯蓝色的袍子，绲着细细的红边，颜色还鲜艳得如新缝的一般。所有的人停止了一切声息，我则是真的被吓呆了。那时清晨的瑞光大道，正满铺在坟地里，现出一个诡异精灵的世界。

正在我出神的当儿，听到有人呼喝我的名字，猛一回头，突然看到我四年级的级任老师站在背后的山下喊我，他一定是在同学的告密下来逮捕我了。我几乎是反射地跳了起来，往前逃奔而去。边跑我还边回头看那一位棺中的老妇，眼前的景象更是骇异，老妇的头发和面皮都褪落了，只剩下一颗光秃秃的头颅；她的衣裳也碎成一片一片围绕在棺里的四周，仅剩摆得端端正正的一副白骨；我揉揉眼睛再看，还是那个景象。从我回头看到老师，再转头看老妇之间不到一分钟的时间，竟是天旋地转，人天互异。

回家后，我病了两个星期，不省人事，脑中一片空白，只是老妇瞬间的变化不断地浮出来。最后还是我的级任老师来探望我，解释了半天的氧化作用，我的心情才平静，病情也开始有了起色。可是，这件事却使我对“不朽”的看法留下一个深刻的疑点，长得越大，那疑点竟如泼墨一般，一天比一天涨大。

后来我读到了佛家有所谓“白骨观”的说法，人的皮囊真是脆弱无比，阳光一射，野风一吹，马上就化去了，只留下一堆白骨。有时翠竹尽是真如，有时黄花绝非般若，到终了，什么都不是了。寒山有诗说：“万境俱泯迹，方见本来人。”恐怕，白骨才是本来的人吧。

人既是这样脆弱，一片片地凋落着，从人而来的情爱、苦痛、怨憎、喜乐、嗔怒，是多么无告呢？当我们觅寻的时候，是茫茫大千，尽十万世界觅一人为伴不得；当我们不觅的时候，则又是草漫漫的，花香香的，阳光软软的，到处都有好风漫上来。

这实在是个千古的谜题，风月不可解，古柏不可解，连三更初夜历历孤明的寒星也不可解。

我最喜爱的一段佛经的故事说不定可解：

梵志拿了两株花要供佛。

佛曰：“放下。”

梵志放下两手中的花。

佛更曰：“放下。”

梵志说：“两手皆空，更放下什么？”

佛曰：“你应当放下外六尘，内六根，中六识，一时舍却。到了没有可以舍的境界，也就是你免去生死之别的境界。”

心为形役 尘世牛马

油面摊子

家附近有一担卖油面的小摊子，我平常并不太注意，有一回带孩子散步路过，看到生意极好，所有的椅子都坐满了人。

我和孩子驻足围观，这时见到卖面的小贩，把油面放进烫面用的竹捞子里，一把塞一个，刹那之间就塞了十几把，然后他把叠成长串的竹捞子放进锅里烫。

接着，他以迅雷不及掩耳的速度，将十几个碗一字排开，放作料、盐、味素等等，很快地捞面、加汤，十来碗面煮好的过程还不到五分钟，我和孩子看呆了。更令人赞叹的是，那个煮面的老板还边与顾客聊着闲天。

在我们从面摊离开的时候，孩子突然抬起头来说：“爸爸，我猜如果你和卖面的老板比赛卖面，你一定输！”

对于孩子突如其来的谈话，我感到莞尔，并且立即坦然承认，我一定输给卖面的人。我说：“不只会输，而且会输得很惨，这个世界上能赢过卖面老板的人大概也没有几个。”

后来我和孩子谈起，他的爸爸在这世界上是输给很多人的。

接下来的几天，就玩着游戏一样，我带着孩子到处去看工作中的人，我们在对角的豆浆店看伙计揉面粉做油条，看油条在锅中胀大而充满神奇的美感，我对孩子说：“爸爸比不上炸油条的人。”

我们到街角的饺子店，看一位山东老乡包饺子，他包饺子就如同变魔术一样，动作轻快，双手一捏，个个饺子大小如一，煮出来晶莹剔透，我对孩子说："爸爸比不上包饺子的人。"

我们在市场边看见一个削梨子与芭乐的小贩，他把水果削好切片，包成一袋一袋准备推到戏院去卖，他削水果时，刀子如同自手中长出，动作又利落又优美，我对孩子说："爸爸比不上削水果的人。"

当我们放眼这个世界的时候，如果以自我为中心，很可能会以为自己是顶尖人物。一旦我们把狂心歇息下来，用赤子之心来观照，就会发现自己是多渺小。在人群之中，若没有整个市井的护持，我们连吃一套烧饼油条都成问题呀！这是为什么连圣贤都感叹地说"吾不如老农，吾不如老圃"的缘故，我们什么时候能看清自己不如人的地方，那就是对生命有真正信心的时候。

看到人们貌似简单，事实上不易的生活动作时，我觉得每一个人都值得给予最大的敬意，努力生活的人们都是可敬佩的。他们不用言语，而以动作表达了对生命的承担。

承担，是生命里最美的东西！

我时常想，我们既然生而为人，不是草木虫鱼，就要承担，安然接受人生可能发生的一切，除了安然地面对，还能保持觉性，就是菩提了。一般人缺少的正是觉悟的菩提罢了。

在古印度人传统的观念里，认为只要是两条河交汇的地方一定是圣地，这是千年智慧累积所得到的结论。假如我们把这个观念提炼出来，人生何尝不是如此，在人与人相会面的那一刻，如果都有很好的心来相印，互相对流，当下自己的心就是圣地了。

油面摊子是圣地，豆浆店是圣地，水果摊是圣地……到处都是圣地，只是看我们有没有足够神圣的心来对应这些人、这些地方。当然，在我们以神圣的心面对世界时，自己就有了承担，也就成为值得敬佩的人之一。

我带着孩子观察了许多地方以后，孩子感到疑惑，他问：“爸爸，那么你有什么可以比得上别人呢？”

我说：“如果比写文章，爸爸可能会比得上那卖油面的老板吧！”

孩子说：“也不会，油面老板几分钟煮好十几碗面，爸爸要很久才写完一篇文章！”

父子俩相对大笑，是呀，这世界有什么东西可以相比，有什么人可以相比呢？事实上，所有的比较都是一种执着！

黄昏菩提

我喜欢黄昏的时候在红砖道上散步，因为不管什么天气，黄昏的光总让人感到特别安静，能较深刻省思自己与城市共同的心灵。但那种安静只是心情的，只要心情一离开木棉或者杜鹃或者菩提树，一回头，人声车声哗然醒来，那时候就能感受到城市某些令人忧心的品质。

这种品质使我们在吵闹的车流里，有一种难以言喻的寂寞；在奔逐的人群与闪亮的霓虹灯里，我们更深地体会了孤独；在美丽的玻璃帷幕明亮的反光中，看清了这个大城冷漠的质地。

居住在这个大城，我时常思索着怎样来注视这个城，怎样找到它的美，或者风情，或者温柔，或者什么都可以。

有一天我散步累了，坐在建国南路口，就看见这样的场景，疾驰的摩托车撞上左转的货车，因挤压而碎裂的铁与玻璃，和着人体撕伤的血泪，正好喷溅在我最喜欢的一小片金盏花的花圃上。然后刺耳的警笛与救护车，尖叫与围拢的人群，堵塞与叫骂的司机……好像一团碎铁屑，因磁铁辗过而改变了方向，纷乱骚动着。

对街那头并未受到影响，公车牌下等候的人正与公交车司机大声叫骂。一个气喘咻咻的女人正跑步追赶着即将开动的公交车。小学生的纠察队正鸣笛制止一个中年人挤进他们的队伍。头发竖立如松的少年正对不肯停的计程车吐口水。穿西装的绅士正焦躁地把烟蒂猛然蹂扁在脚下。

这许多急促的喘着气的画面，几乎难以相信是发生在一个可以非常美丽的黄昏。

惊疑、焦虑、匆忙、混乱的人，虽然具有都市人的性格，生活在都市，却永远见不到都市之美。更糟的是无知。

有一次在花市，举办着花卉大餐，人与人互相压挤践踏只是为了抢食刚剥下的玫瑰花瓣，或者涂着沙拉酱的兰花。抢得最厉害的，是一种放着新鲜花瓣的红茶，我看到那粉红色的花瓣放进热气蒸腾的茶水，瞬间就萎缩了，然后沉落到杯底，我想，那抢着喝这杯茶的人不正是那一瓣花瓣吗？花市正是滚烫的茶水，它使花的美丽沉落，使人的美丽萎缩。

我从人缝穿出，看到五尺外的安全岛上，澎湖品种的天人菊独自开放着，以一种卓绝的不可藐视的风姿，这种风姿自然是食花的人群所不可知的。天人菊名声比不上玫瑰，滋味可能也比不上，但它悠闲而不为人知的风情，却使它的美丽有了不受摧折的生命。

悠闲而不为人知的风情，是这个都市最难能的风情。有一次参加一个紧张的会议，会议上正纷纭地揣测着消费者的性别、年龄、习惯与爱好：什么样的商品是十五到二十五岁的人所要的？什么样的信息最适合这个城市的青年？什么样的颜色最能激起购买欲？什么样的抽奖与赠送最能使消费者盲目？用什么形式推出才是我们的卖点和消费者情不自禁的买点？后来，会议陷入了长长的沉默，灼热的烟雾弥漫在空调不敷应用的会议室里。

我绕过狭长的会议桌，走到长长的只有一面窗的走廊透气，从十四层的高楼俯视，看到阳光正以优美的波长，投射在春天的菩提树上，反射出一种娇嫩的生命之骚动，我便临时决定不再参加会议，下了楼，轻轻踩在红砖路上，听着欢跃

欲歌的树叶长大的声音，细微几至不可听见。回头，正看到高楼会议室的灯光亮起，大家继续做着灵魂烧灼的游戏，那种燃烧使人处在半疯的状态，而结论却是必然的：没有人敢确定现代的消费者需要什么。

我也不敢确定，但我可以确定的是，现代人更需要诚恳的、关心的沟通，有情的、安定的讯息。就像如果我是春天这一排被局限在安全岛的菩提树，任何有情与温暖的注视，都将使我怀着感恩的心情。

生活在这样的都市里，我们都是菩提树，拥有的土地虽少，勉力抬头仍可看见广大的天空；我们虽有常在会议桌上被讨论的共相，可是我们每天每刻的美丽变化却不为人知。“一棵树需要什么呢？”园艺专家在电视上说，“阳光、空气和水而已，还有一点点关心。”

活在都市的人也一样的吧！除了食物与工作，只是渴求着明澈的阳光，新鲜的空气，不被污染的水，以及一点点有良知的关心。

“会议的结果怎么样？”第二天我问一起开会的人。

“销售会议永远不会有正确的结论，因为没有人真正了解十五岁到二十五岁现代都市人的共同想法。”

如果有人说：我是你们真正需要的！那人不一定真正知道我们的需要。

有一次在仁爱国小的操场政见台上，连续听到五个人说：“我是你们真正需要的。”那样高亢的呼声带着喝彩与掌声如烟火在空中散放。我走出来，看见安和路上黑夜的榕树，感觉是那样沉默、那样矮小，忍不住问它说：“你真正的需要是什么呢？”

我们其实是像那沉默的榕树一样渺小，最需要的是自在地活着，走路时不必担心亡命的来车，呼吸时能品到空气的香甜，搭公交车时不失去人的尊严，在深夜的黑巷中散步也能和陌生人微笑招呼，时常听到这个社会的良知正在觉醒，也就够了。

我更关心的不是我们需要什么，而是青年究竟需要什么。十五岁到二十五岁的，难道没有一个清楚的理想，让我们在思索推论里知悉吗？

我们关心的都市新人种，他们耳朵罩着随身听，过大的衬衫放在裤外，即使好天他们也罩一件长到小腿的黑色神秘风衣。少女们则全身燃烧着颜色一样，黄绿色的发，红蓝色的衣服，黑白的鞋子，当他们打着拍子从我面前走过，就使我想起童话里跟随王子去解救公主的人物。

新人种的女孩，就像敦化南路圆环的花圃上，突然长出一株不可辨认的春花，它没有名字，色彩怪异，却开在时代的风里。男孩们则是忠孝东路刚刚修剪过的路树，又冒出了不规则的枝丫，轻轻地反抗着剪刀。

最流行的杂志上说，那彩色的太阳眼镜是“燃烧的气息”，那长短不一染成红色的头发是“不可忽视的风格之美”，那一只红一只绿的布鞋是“青春的两个眼睛”，那过于巨大不合身的衣服是“把世界的伤口包扎起来”，而那些新品种的都市人则被说成是“青春与时代的领航者”。

这些领航的大孩子，他们走在五线谱的音符上，走在调色盘的颜料上，走在电影院的广告牌上，走在虚空的玫瑰花瓣上，他们连走路的姿势，都与我年轻的时代不同了。

我的青年时代，曾经跪下来嗅闻泥土的芳香，因为那芳香而落泪；曾经热烈争辩“国族”该走的方向，因为那方向而忧心难眠：曾经用生命的热血与抱负写下慷慨悲壮的诗歌，因为那诗歌燃起火把互相传递。曾经，曾经都已是昨日，而昨日是西风中凋零的碧树。

“你说你们那一代忧国忧民，有理想有抱负，我请问你，你们到底做了什么了不起的大事？”一位西门町的少年这样问我。

我们到底做了什么了不起的大事？拿这个问题问飘过的风，得不到任何回声；问路过的树，没有一棵摇曳；问满天的星，天空里有墨黑的答案，这是多么可惊的问题，我们这些自谓有理想有抱负忧国忧民的中年，只成为黄昏时稳重散步的都市人，那些不知道有明天而在街头热舞的少年，则是半跑半跳的都市人，这中间有什么差别呢？

有一次，我在延吉街花市，从一位年老的花贩口里找到一些答案，他说：

“有些种子要做肥料，有些种子要做泥土，有一些种子是天生就要开美丽的花。”

农人用犁耙翻开土地，覆盖了地上生长多年的草，草很快地成为土地的一部分。然后，农人在地上撒一把新品种的玫瑰花种子，那种子抽芽发茎，开出最美的璀璨之花。可是没有一朵玫瑰花知道，它身上流着小草的忧伤之血，也没有一朵玫瑰记得，它的开放是小草舍身的结晶。

我们这一代没有做过什么大事，我们没有任何功勋给青年颂歌，就像曾经在风中生长，在地底怀着热血，在大水来时挺立，在干旱的冬季等待春天，在黑暗的野地里仰望明亮的天星的，一株卑微的小草一样，这算什么功勋呢？土地上任何一株小草不都是这样活着的吗？

所以，我们不必苛责少年，他们是天生就来开美丽的花的，我们半生所追求的不也就是那样吗？无忧地快乐地活着。我们的现代是他们的古典，他们的庞克何尝不是明天的古典呢？且让我们维持一种平静的心情，就欣赏这些天生的花吧！

光是站在旁边欣赏，好像也缺少一些东西。有一次散步时看到工人正在仁爱路种树，他们先把路树种在水泥盆子里，再把盆子埋入土中，为什么不直接种到土地里呢？我疑惑着。

工人说："用盆子是为了限制树的发展，免得树根太深，破坏了道路、水管和地下电缆。也免得树长太高，破坏了电线和景观。"

原来，这是都市路树的真相，也是都市青年的真相。

我们是风沙的中年，不能给温室的少年指出道路，就像草原的树没有资格告诉路树，应该如何往下扎根、往上生长。路树虽然被限制了根茎，但自有自己的风姿。

那样的心情，正如同有一个晚秋的清晨，我发现路边的马缨丹结满了晶莹露珠，透明没有一丝杂质的露珠停在深绿的叶脉上，那露水令我深深感动，不只是感动那种美，而是惊奇于都市的花草也能在清晨有这样清明的露。

那么，我们对都市风格、人民质量的忧心是不是过度了呢？

都市的树也是树，都市人仍然是人。

凡是树，就会努力生长；凡是人，就不会无端堕落。

凡是人，就有人的温暖；凡是树，就会有树的风姿。

树的风姿，最美的是敦化南北路上的枫香树吧！在路边的咖啡屋叫一杯上好的咖啡，从明亮的落地窗望出去，深深感到那些安全岛上的枫香树，风情一点也不比典雅的香榭丽舍大道逊色，虽然空气是脏了一点，交通是乱了一点，喇叭与哨子是吵了一点，但枫香树是多么可贵，犹自那样青翠、那样宁谧、那样深情，甚

至那样有一种不可言说的傲骨，不肯为日渐败坏的环境屈身。

尤其是黄昏时分，阳光的金粉一束束从叶梢间穿过，落在满地的小草上，有时目光随阳光移动，还可以看到酢浆草新开的紫色小花，嫩黄色的小蛱蝶在花上飞舞，如果我们用画框框住，就是印象派中最美丽的光影了。可惜有很多人在都市生活了一辈子，总是匆忙地走来走去，从来没有看过这种美。

枫香之美、都市人之品质、都市之每株路树，虽各有各的风情，其实都是渺小的。有一回我登上郊外的山，反观这黄昏的都市，发现它被四面的山手拉手环抱着，温柔的夕阳抚触着城市的每一个角落，天边朗朗升起万道金霞，这时，一棵棵树不见了，一个个人也不见了，只看到互相拥抱的楼宇、互相缠绵的道路。城市，在那一刻，成为坐着沉思的人，它的污染拥挤脏乱都不见了，只留下繁华落尽的一种清明壮大庄严之美。

回望我所居的城市，这座平常使我因烦厌而去寻找细部之美的城，当时竟陪我跨越尘沙，照见了一些真实的大块的面目。那一天我在山顶上坐到辉煌的灯火为城市戴上光环才下山，下山时还感觉到美正一分一分地升起。

我们如果能回到自我心灵真正的明净，就能拂拭蒙尘的外表，接近更美丽单纯的内里，面对自己是这样，面对一座城市时不也是这样吗？清晨时分，我们在路上遇到全然陌生的人，互相点头微笑，那时我们的心是多么清明温情呀！我们的明净可以洗清互相的冷漠与污染，同时也可以洗涤整个城市。

如果我们的心足够明净，还会发现太阳离我们很近，月亮离我们很近，星星与路灯都放着光明，簇拥我们前行。

就像有一天我在仁爱路的菩提树上，发现了一个小红蚂蚁的窝，它们缓缓在春天的菩提枝丫上蠕动，充满了生命清新的力量，正伸出触角迎接经过漫长阴雨之后都市的新春。

对我们来说，那乱车奔驰的路侧，是不适于生存，甚至不适宜站立的；可是对菩提树，它们努力站立，长出干净的新绿；对小红蚂蚁，它们自在生存，欣然迎接早春；我们都是一样，是默默不为人知，在都市的脉搏里流动的一丝清明之血。

从有蚂蚁窝的菩提树荫走到阳光浪漫的黄昏，我深深地震动了，觉得在乡村生活的人是生命的自然，而在都市里生活的人，更需要一些古典的心情、温柔的心情，一些经过污染还能沉静的智能。这株黄昏的菩提树，树中的小蚂蚁，不是与我一起在通过污染，面对自己古典、温柔、沉静的心情吗？

黄昏时，那一轮金橙色的夕阳离我们极远极远，但我们一发出智慧的声音，他就会安静地挂在树梢上，俯身来听，然后我感觉，夕阳只是个纯真的孩子，他永远不受城市的染着，他的清明需要一些赞美。

每天我完成了黄昏的散步，将归家的时候，我就怀着感恩的心情摸摸夕阳的头发，说一些赞美与感激的话。

感恩这人世的缺憾，使我们警醒不至于堕落。

感恩这都市的污染，使我们有追求明净的智慧。

感恩那些看似无知的花树，使我们深刻地认清自我。

最大的感恩是，我们生而为有情的人，不是无情的东西，使我们能凭借情的温暖，走出或冷漠或混乱或肮脏或匆忙或无知的津渡，找到源源不绝的生命之泉。

听完感恩与赞美，夕阳就点点头，躲到群山背面，只留下满天羞红的双颊。

猫头鹰人

在信义路上，有一个卖猫头鹰的人，平常他的摊子上总有七八只猫头鹰，最多的时候摆十几只，一笼笼叠高起来，形成一个很奇异的画面。

他的生意顶不错，从每次路过时看到笼子里的猫头鹰全部换了颜色可以知道。他的猫头鹰种类既多，大小也齐全，有的鹰很小，小到像还没有出过巢，有的很老，老到仿佛已经不能飞动。

我注意到卖鹰人是很偶然的，一年多前我带孩子散步经过，孩子拼命吵闹，想要买下一只关在笼子里的小猫头鹰。那时，卖鹰的人还在卖兔子，摊子上只摆了一只猫头鹰，卖鹰者努力向我推销说："这只鹰崽是前天才捉到的，也是我第一次来卖猫头鹰，先生，给孩子买下来吧！你看他那么喜欢。"我这才注意到眼前卖鹰的中年人，看起来非常质朴，是刚从乡下到城市谋生活的样子。

我没有给孩子买鹰，那是因为我一向反对把任何动物关在笼子里，而且我对孩子说："如果都没有人买猫头鹰，卖鹰的人以后就不会到山上去捉猫头鹰了，你看，这只鹰这么小，它的爸爸妈妈一定为找不到它在着急呢！"孩子买不成猫头鹰，央求站在前面看一会儿，正看的时候，有人以五百元买下了那只鹰，孩子哇啦一声，不舍地哭了出来。

此后我常常看见卖鹰的人，他的规模一天比一天大，到后来干脆不卖兔子，

只卖猫头鹰，定价从五百五十元到一千元左右，生意好的时候，一个月卖掉几十只。我想不通他从何处捕到那么多的猫头鹰，有一次闲谈起来，才知道台湾深山里还有许多猫头鹰，他光是在坪林一带的山里一天就能捕到几只。

他说："猫头鹰很受欢迎咧！因为它不吵，又容易驯服，生意太好了，我现在连兔子也不卖了，专卖鹰。一有空我就到山上去捉，大多数时候能捉到还在巢中的小鹰，运气好的时候，也能捉到它们的父母……"

我劝他说："你别捉鹰了，捉鹰的时间做别的也一样赚那么多钱。"

他说："那不同咧！捉鹰是免本钱稳赚不赔的。"

对这样的人，我也不能说什么了。

后来我改变散步的路线，有一年多没见过卖猫头鹰的人，前不久我又路过那一带，再度看到卖鹰者，他还在同一个街角卖鹰，猫头鹰笼子仍然一个叠着一个。

当我看见他时，大大吃了一惊，那卖鹰者的长相与一年前我见到他时完全不同了。他的长相几乎变得和他卖的猫头鹰一样，耳朵上举、头发扬散、鹰钩鼻、眼睛大而瞳仁细小、嘴唇紧抿，身上还穿着灰色掺杂褐色的大毛衣，坐在那里就像是一只大的猫头鹰，只是有着人形罢了。

短短一年多的时间，为什么使一个人的长相完全不同了呢？这巨大变化是从何而来呢？我努力思索卖鹰者改变面貌的原因。我想到，做了很久屠夫的人，脸上的每道横肉，都长得和他杀的动物一样。而鱼市场的鱼贩子，不管怎么洗澡，毛孔里都会流出鱼的腥味。我又想到，在银行柜台数钞票很久的人，脸上的表情就像一张钞票，冷漠而势利。在小机关当主管作威作福的人，日子久了，脸变得像一张公文，格式十分僵化，内容逢迎拍马。坐在电脑前面忘记人的品质的人，长相就像一台电脑。还有，跑社会新闻的记者，到后来，长相就如同社会版上的照片……

原因是这样的吗？或者是像电影电视上演坏人的演员，到后来就长成一脸坏相，因为他打从心里一直坏出来，到最后就无法辨认了。还有那些演色情片的演员，当她们裸体的照片登在杂志上，我们仿佛看到一块肥腻的肉，却不见她们的心灵或面貌了。

一个人的职业、习气、心念、环境都会塑造他的长相和表情，这是人人都知道的，但像卖猫头鹰的人改变那么巨大而迅速，却仍然出乎我的预想。我的眼前闪过一串影像，卖猫头鹰者夜里去观察鹰的巢穴，白天去捕捉，回家做鹰的陷阱，连睡梦中都想着捕鹰的方法，心心念念在鹰的身上，到后来自己长成一只猫头鹰都已经不自觉了。

我从卖鹰者的面前走过，和他打招呼，他居然完全忘记我了，就如同白天的猫头鹰，眼睛茫然失神，他只是说:“先生，要不要买一只猫头鹰，山上刚捉来的？”

这使我在后来的散步里，想起了三千年前瑜伽行者的一部经典《圣典博伽瓦谭》中所记载的，巴拉达国王的故事。

巴拉达国王盛年的时候，弃绝了他的王后、家族和广袤的王国，到森林里去，那是他相信古印度的经典，认为人应该把中年以后的岁月用于自觉。

他在森林中过着苦行生活，仅仅食用果子和根菜植物，每日专注地冥想，经过一段时间，他的自我从身中觉醒了过来。有一天他正在冥想，忽然看到一只母鹿到河边饮水，随着又听到不远处狮子的大吼，母鹿大吃一惊，正要逃跑的时候，一只小鹿从它的子宫堕下，跌入河中的急流里，母鹿害怕得全身颤抖，在流产之后死去了。

巴拉达眼看鹿被冲向下游，动了恻隐之心，便从河里救起小鹿，把小鹿带到自己身边。他从此和小鹿一起睡觉、一起走路、一起洗澡、一起进食，他对待小鹿就如同对待自己的孩子，自己的心念完全系在小鹿身上。

有一天，小鹿不见了。巴拉达陷入了非常焦躁的意念里，担心着小鹿的安危就像失去了儿子一样，他完全无法冥思，因为想的都是小鹿，最后他忍不住启程去寻找小鹿，在黑暗森林里，他如痴如狂地呼唤小鹿的名字，他终于不小心跌倒了，受了重伤，就在他临终的时候，小鹿突然出现在他的身边，就像爱子看着父亲一样看着他，就这样，巴拉达的心念和精神全部集中在小鹿身上，他下次醒来的时候，发现自己成为一头鹿，这已经是他的下一世了。

这是瑜伽对于意念的看法，意念不仅对容貌有着影响，巴拉达因疼爱小鹿，都因而沉进了轮回的转动，那么，捕捉贩售猫头鹰的人，长相日益变成猫头鹰又有什么可怪呢？

和朋友谈起猫头鹰人长相变异的故事，朋友说:“其实，变的不只是卖鹰的人，你对人的观照也改变了。卖鹰者的长相本来就是那样子，只是习气与生活的濡染改变了他的神色和气质罢了。我们从前没有透过内省，不能见到他的真面目，当我们的内心清明如镜，就能从他的外貌进而进入他的神色和气质了。”

难道，我也改变了吗？

在这个世界上，我们意念都如在森林中的小鹿，迷乱地跳跃与奔跑，这纷乱的念头固然值得担忧，总还不偏离人的道路。一旦我们的意念顺着轨道往偏邪的道路如火车开去，出发的时候好像没有什么，走远了，就难以回头了。所以，向前走的时候每天反顾一下，看看自我意念的轨道是多么重要呀！

我们不只要常常擦拭自己的心灵之镜，来照见世间的真相；也要常常照照镜子，看看自己的长相与昨日的不同；更要照心灵之镜，才不会走向偏邪的道路。卖猫头鹰的人每天面对猫头鹰，就像在照镜子，我们面对自己俗恶的习气，何尝不是在照镜子呢？

想到这里，有一个人与我错身而过，我闻到栗子的芳香从他身上溢出，抬头一看，果然是天天在街角卖糖炒栗子的小贩。

阳春世界

高中的时候，我就读台南海边的一所学校。

那学校是以无情地管教学生而著名，并且规定外地来的学生一律要住校，我因此被强迫住在学校宿舍，学校里规定，熄灯后不准走出校门，否则记小过一个。

说来好笑，我高中被记了好几个过，最后被留校察看，随时准备退学，原因竟是：熄灯后翻墙外出，屡劝不听，译成白话，用我的立场说：是学校伙食太差，时常半夜溜出去吃阳春面，不小心被捉到。

吃阳春面吃到小过连连，差点退学，这也是天下奇闻。

学校围墙外有一个北方来的退伍军人，开了一家小小的面馆。他的面条做得异常结实，好像把许多力气揉了进去，非常有滋味。并且他爱说北方的风沙往事，使我们往往宁可冒着被记过的危险，去吃他的阳春面。

那时候没有学生吃得起带肉的面，只能吃阳春面。面里浮着几星油丝，三四叶白菜，七八粒葱花，真是纯净一如阳春，但可以吃出面中的麦香，回味无穷。偶尔口袋里多了几文钱，就叫一块"兰花干"放在面上，觉得世界上再没有那种幸福的日子了。

我如今一想到"阳春面加兰花干"，觉得这个名字非常之美。它的美是素朴的，诗意的，带一点生活平常的香气。但在那时，我们一开口说："老板，一碗阳春

面，放一块兰花干。”口水就已经流了满腮。

我对高中时代没有什么留念，却时常想起校外的阳春面和卖面的北方老板，甚至他的脸容、语音，以及面碗的颜色和形状，都还在眼前。

这些年，不容易吃到好的阳春面，也很少有人吃阳春面了，有一次我在桃源街叫一碗阳春面，老板上下打量我半天，叹一口气说：“我已经有五年多没有卖过一碗阳春面了呀！”最后，他边煮我的阳春面，边诉说着现代的人多么浮华，没有牛肉、排骨、猪脚已经吃不下一碗面，他的结论是：“再过几年，有很多孩子可能不知道阳春面是什么东西了。”

阳春面其实不只是一碗面，我们这一代的人都是从那个阳春世界里走过来的。阳春世界不见得是好的世界，却是一个干净、素朴、有着人间暖意的世界。

其实，就在高中时代，我早已坚信，人即使只有吃阳春面的物质条件，便可过得尊严而又幸福了。

正向时刻

狗的享受

路过家附近的一家银行，发现门口或坐或趴着五条狗，这五条狗原本是市场附近的野狗，我认识的，他们本来各占据一处，怎么会同时一起坐在银行前面呢？银行对狗的价值应该还不如路边的面摊，为什么狗不去蹲面摊而要来蹲银行呢？我感到十分好奇。

更使我好奇的是，这五条狗的脸上都流露出非常满足的神情。于是我站在那里研究狗为什么这么满足？为什么整条街都不去，偏偏聚在银行的门口？

十分钟以后，我找到答案了，因为银行的冷气开得很强，又是自动门，进出者众，每每有人出入，里面的冷气就会一阵阵倾泻而出，那些狗是聚在银行门口享受冷气呢！

七月、中午、在台北，有冷气真享受，连狗也知道。

台北秘籍

与朋友去信义路、基隆路口新开的诚品书店看书，无意间发现一张“台北书店地图”。

地图以浅咖啡色做底，仿佛一页撕下来的线装书页，非常淡雅，一张一百元。

看到这张地图真是开心极了，台北这么多的书店，台北还是很可爱的。

想到不久前在欧克斯家具店找到的“台北东区市街图”，或者可以出版一本书，书里全是分门别类的地图，例如“咖啡店地图”“书廊地图”“名牌服饰地图”“茶艺馆地图”“花店地图”“古董店地图”“餐厅地图”等等。

对了，或者可以有一张“特殊商店地图”，例如后火车站有一家很大的“线庄”，历史悠久，只卖各种针线的。基隆路有一家“大蒜专卖店”，只卖各种大蒜的制品。统领百货巷内有一家卖天然茶的店，好像叫“小熊森林”。松山有一家只卖普洱茶叶的“普洱茶专卖店”……

这些地图可以让我们看出台北的好。

是不是邀请许多艺术家，每一位为台北绘一张这样的地图，让初到台北的人也能知道，台北有许多特色，是不逊于欧洲的。

这样一本地图书名可以叫作“台北秘籍”，副题是“专供初到台北的武林人物在午后秘密演练”呀！想了就很开心。

坐火车的莲花

逛完书店，散步回家，惊见家门口有一株玫瑰，四朵宝蓝色莲花，靠在门上，站立着。

花里夹着一张便条。

原来是一位住在中坜的朋友，他从中坜火车站搭车要到基隆去看女朋友，看到花店，想买一朵玫瑰花送给女朋友。进了花店，看到四朵宝蓝色莲花联想到我，觉得顺路到松山，把莲花送我，再到基隆，送玫瑰给女朋友，行程就很完美了。

他在松山下车，步行到我家，原本要放了花就走，但大厦管理员对他说：“林先生有黄昏散步的习惯，又穿着拖鞋短裤，很快会回来了。”结果我去逛书店，他在门口枯等许久，一直到天黑才离去。

至于那朵要送女朋友的玫瑰，算算去基隆时间太晚了，“附赠女友玫瑰一朵”，人就回中坜去了。

朋友留下的那封短笺，里面有格言似的留话：“在这个世间，只要不会伤害别人的事，想做什么，就立刻去做吧。”

我把莲花和玫瑰插在花瓶，心想，有些朋友真像花园中的花乍放，时常令人惊喜，下次也要想个什么方法，让他惊喜一下，或者两三下。

条纹玛瑙

暑假到了，在国外的朋友纷纷回来过暑假。

一个朋友从美国马里兰回来，特地来看我，送一个沉重的东西给我，说："送你一块石头，不成敬意。"

打开，是一块条纹玛瑙，大如垒球，有一公斤重，上半部纯红，下半部红、黄、白、绿，条条相间，真的是美极了。

"真是谢谢你！"我诚挚地说，企图掩藏心里的狂喜，由于朋友是腼腆的人，我担心没有掩饰的惊喜吓到他，所以就淡化了内心的欢喜。

朋友走了，我在书房里抱着那块条纹玛瑙，高呼万岁，不是为了它的昂贵，而是为了它的美，还有超越时空的友谊。

埔里荔枝

在埔里等候国光号的车北上，尚有二十分钟，在车站附近逛逛。

看到一家水果行，想到埔里的特产是荔枝和甘蔗，买了一株甘蔗、十斤荔枝，真不敢相信甘蔗和荔枝都是一斤二十五元，几天前在台北买荔枝，一斤六十元。

国光号上，先吃了荔枝，是籽细肉肥的品种，鲜美极了。

然后吃甘蔗，脆嫩清甜，名不虚传，果然是埔里甘蔗。

回到台北，齿颊仍留着香气，四小时的车程，仿佛只是刹那。

处处莲花开

生命里有许多正向时刻，也有许多负向时刻，一个人快乐的秘诀，便是抓住那正向的时刻，使它更充盈；转化负向的时刻，使它得到清洗。

有人对我们深深地微笑；乡间道上的油麻菜开花了；炎热的夏天午后突来阵雨和凉风；一双蝴蝶突然飞过窗边，在公园里偶然看见远天的彩虹；读一本好书、听了一段动听的音乐……

每天，有一些正向的时光，便有好心情走向明天；时时有正向的时刻，生命便无限美好，日日是好日，处处莲花开。

独乐与独醒

人生的朋友大致可以分成四种类型，一种是在欢乐的时候不会想到我们，只在痛苦无助的时候才来找我们分担，这样的朋友往往也最不能分担别人的痛苦，只愿别人都带给他欢乐。他把痛苦都倾泻给别人，自己却很快地忘掉。

一种是他只在快乐的时候才找朋友，却把痛苦独自埋藏在内心，这样的朋友通常能善解别人的痛苦，当我们丢掉痛苦时，他却接住它。

一种是不管在什么时刻什么心情都需要别人共享，认为独乐乐不如众乐乐，独悲哀不如众悲哀，恋爱时急着向全世界的朋友宣告，失恋的时候也要立即告诸亲友。他永远有同行者，但他也很好奇好事，总希望朋友像他一样，把一切最私密的事对他倾诉。

还有一种朋友，他不会特别与人亲近，他有自己独特的生活方式，独自快乐、独自清醒，他胸怀广大、思虑细腻，品味优越，带着一些无法测知的神秘，他们做朋友最大的益处是善于聆听，像大海一样可以容受别人欢乐或苦痛的泻注，但自己不动不摇，由于他知道解决问题的关键，因此对别人的快乐加以鼓励，对苦痛伸出援手。

用水来做比喻，第一种是河流型，他们把一切自己制造的垃圾都流向大海；第二种是池塘型，他们善于收藏别人和自己的苦痛；第三种是波浪型，他们总是一波一波找上岸来，永远没有静止的时候；第四种是大海型，他们接纳百川，但不失自我。

当然，把朋友做这样的划分不是绝对的，因为朋友有千百种面目，这只是大致的类型罢了。

我们到底要交什么样的朋友？或者说，我们希望自己变成什么样的朋友？

纪·哈·纪伯伦在《友谊》里有这样的两段对话："你的朋友是来回应你的需要的，他是你的田园，你以爱心播种，以感恩的心收成，他是你的餐桌和壁灯，因为你饥饿时去找他，又为求安宁寻他。""把你最好的给你的朋友，如果他一定要知道你的低潮，也让他知道你的高潮吧！如果只是为了消磨时间才找你的朋友，又有什么意思呢？找他共享生命吧！因为他满足你的需要，而不是填满你的空虚。让友谊的甜蜜中有欢笑和分享吧！因为心灵在琐事的露珠中找到了它的清晨而变得清爽。"

在农业社会时代，友谊是单纯的，因为其中比较少有利害关系；在少年时代，友谊也是纯粹的，因为多的是心灵与精神的联系，很少有欲望的纠葛；工业社会的中年人，友谊常成为复杂的纠缠，朋友一词也浮滥了，我们很难和一个人在海岸散步，互相倾听心灵；难得和一个人在茶屋里，谈一些纯粹的事物了，朋友成为群体一般，要在啤酒屋里大杯灌酒；在饭店里大口吃肉一起吆喝；甚至在卡拉OK这种黑暗的地方，寻唱着浮滥的心声。

从前，我们在有友谊的地方得到心的明净、得到抚慰与关怀、得到智慧与安宁。现在有许多时候，朋友反而使我们混浊、冷漠、失落、愚痴与不安。现代人都成为“河流型”“池塘型”“波浪型”的格局，要找有大海胸襟的人就很少了。

在现代社会，独乐与独醒就变得十分重要，所谓“独乐”是一个人独处时也能欢喜，有心灵与生命的充实，就是一下午静静地坐着，也能安然；所谓“独醒”是不为众乐所迷惑，众人都认为应该过的生活方式，往往不一定适合我们，那么，何不独自醒着呢？

只有我们能独乐独醒，我们才能成为大海型的人，在河流冲来的时候、在池塘满水的时候、在波浪推过的时候，我们都能包容，并且不损及自身的清净。纪伯伦如是说：

“你和朋友分手时，不要悲伤，因为你最爱的那些美质，他离开你时，你会觉得更明显，就好像爬山的人在平地上遥望高山，那山显得更清晰。”

活的钻石

一个孩子问我："叔叔，这个世界上有没有比钻石更有价值的东西？"

我问他："你怎么会问这个问题呢？"

他说："因为报纸上刊登了一个模特儿穿着一件镶满钻石的礼服，听说价值是一亿呢！"

我说："有呀！这个世界上所有活着的钻石都比钻石珍贵而有价值。"

"钻石不是矿物吗？怎么会有活的钻石呢？"

我告诉孩子，凡是有价值的、生长着的事物，我们都可以叫它是活的钻石。像我们可以说花是活的钻石、爱是活的钻石、智慧是活的钻石、一个孩子是活的钻石，我摸摸孩子的头说："你也是活的钻石呀，如果用克拉来算，你的价值也超过一亿呢！"

孩子不可置信地看着我，从他的眼神中，我看到了价值的混乱。但是价值确是如此被混乱的，许多人误以为钻石的价值是真实的，反而不能相信世间有许多事物，其价值犹在钻石之上。

就说毒品好了，每次当警方查获大批的海洛因或安非他命，新闻报道常说："此次查获的毒品，价值五亿四千万元。"这使我们读了感到混乱，因为毒品在不吸毒的人眼中根本是一文不值的，甚至会伤身害命，怎么可以有那么高的“价值”？

钻石虽然不是毒品，它的价值与价钱是值得思考的。钻石作为一种石头，它的价值是中立的，它的光芒是因为附加的价值而显现的。

如果是以钻石来表达爱情的永恒坚贞，钻石就变得有价值。

如果是以钻石来炫耀自己的虚荣，则钻石是一文不值的。

如果是以钻石参加慈善的义卖，去救助那些贫苦的众生，钻石就变得有价值。

如果把钻石收藏于柜中，甚至无缘见天日，则钻石是一文不值的。

有了好的附加价值，使钻石活了起来。

变成虚荣与炫耀的工具，钻石就死去了。

不只是钻石，所有无生命的、被认为珍宝的事物皆是如此，玉石、翡翠、珍珠、琥珀、琉璃、黄金、珊瑚等等，并没有真正的价值。

事物的价值是因为“意义”而确定的，意义则是由于“心的态度”而确立的。

如果我们真能确立以心为主的人格与风格，来延伸人生的意义与价值，就会显现生命的诚意，使生活的一切都得到宝爱与珍惜，每一朵花、每一个观点、每一段历程都变成“活的钻石”，每一份爱、每一次思维、每一次成长都以“克拉”来计算。

在这无常的世界、每一步都迈向空无的人间，重要的是“活”，而不是“钻石”。

每时每刻都是活生生的、都走向活的方向、都有完全的活。

每一个刹那都纯珍宝爱、都充满热诚与美、都有创造的力。

那么，生命就会有钻石的美好、钻石的光芒了。

分享生之苦乐

天听寂无音，苍苍何处寻？

非高亦非远，都只在人心。

——邵雍

台北的“新糖主义”和“柏拉弗”面包店，是极少数出售面包皮的店，有一种全麦面包皮，非常芳香、结实，有嚼劲，而且十分便宜，一大包才二十元。

几年来，面包皮一直是我的早餐，面包皮的韧度够，可以包一些海苔、肉松、苜蓿芽，卷起来就像寿司一样，吃来平淡，意韵深长，我一直觉得是人间难得的美味。

煮汤的时候，我会把面包皮烤过，切成丁，撒一把在汤里，汤里立刻有了不同的芳香，仿佛是站在果实累累的麦田里，突然吹来了一阵和风。

喝下午茶的时候，我会把面包皮烤得像饼干一样香脆，坐在可以看见青山和溪水的阳台，配着咖啡或茶，安静地咀嚼；看着白鹭鸶沿溪水上空飞过，会觉得，能那样咀嚼一片全麦面包皮已是生命中的极幸福的滋味。

偶尔回想起来，童年时代，母亲为了让我们吃饱，会用极低廉的价格到市镇面包店买面包皮，放在竹筛子里铺平，架在屋顶上晒干，以便久藏。

我们等不了那么久，常常用竹梯爬上屋顶，抓一把切成条状的面包皮，跑到河堤岸去吃，当时的感觉说多幸福就有多幸福！

现在依然喜欢吃面包皮，可能和那一段经验有关系。

每个人的人生经验是不同的，展现出来的观点和态度也就不同。

我觉得全麦面包皮是很美味的食物，常拿出来和朋友分享。

有的朋友非常喜悦，说：“你在哪里找到这种面包皮？真是难得！”

有的朋友并不喜欢，说：“哎呀！我平常吃面包都会把皮剥下来丢掉，你怎么还特地去买面包皮来吃？面包皮有什么好吃的！”

不论喜欢不喜欢，我乐得与人分享，也乐得独享。

分享有众乐乐的快慰，独享有独乐乐的欣喜。

今天，我在吃面包皮的时候，想到：人生的路不正是如此吗？我们一直在寻找知味的人，来分享我们生命中的种种体会，这种体会有时是来自大的震慑，有时是来自一片小小的面包皮。

可惜知味的人难觅，大部分的苦乐我们都要独自品尝。

独饮生命的苦汁，也独唱生命的欢歌。

当我们独自、安静、细细地咀嚼生的苦乐时，我们才触及那更深刻的境界。

如果找到知味的人，一起分享生之苦乐，我们就会开展出更广大的胸怀。

在内心深处，我一直相信，有一些人会懂得品尝面包皮的好滋味。正如我总相信，在不可知的地方与不可知的时代，有一些人能在文心中与我相会。

与知味的人分享生之苦乐，意味着，对那些不知味的人不必强求，诗人艾略特说：“别人讲我们几句闲话，我们应不加理会，一如教堂的尖塔不理会群鸦争噪！”

文学家的生命密意，一是不断透过写作探触更深的内心世界，使之更为明晰；二是把内心所触及的境界与有缘的读者分享。因此我更服膺沙特说的话：“精神产品既是具体又是想象的对象，只有在作者与读者的联合努力下才能出现。只有为了别人，才有艺术；只有通过别人，才有艺术。”

“阅读，是作家的豪情与读者的豪情缔结的一项协定；每一方都信任另一方，每一方都把自己托付给另一方，在同等程度上要求对方和要求自己。”

这是多么美丽的豪情，我们之所以能创作不倦，多少是受到这种豪情的驱使。

我们可以独乐乐，但是透过了别人的分享，喜乐乃更可确立。

就像我的孩子，几年下来，喜欢吃面包皮胜于吃吐司，透过分享，有一些滋味虽无法言说，却是心有戚戚，连孩子也足以品味。

品尝一片面包皮与仰望苍天，都是寂然没有音声，只要人心开阔，大有大的辉煌，小有小的精微！

常想一二

朋友买来纸笔砚台，请我题几个字让他挂在新居的客厅补壁。

这使我感到有些为难，因为我自知字写得不好看，何况已经有很多年没有写书法了。

朋友说："怕什么？挂你的字我感到很光荣，我都不怕了，你怕什么？"

我便在朋友眼前，展纸，磨墨，写了四个字"常想一二"。

朋友说："这是什么意思？"

我说："意思是说我的字写得不好，你看到这幅字，请多多包涵，多想一二件我的好处，就原谅我了。"

看到我玩笑的态度，朋友说："讲正经的，到底是什么意思？"

"俗话说'人生不如意事，十之八九'，我们生命里不如意的事情占了绝大部分，因此，活着的本身是痛苦的。但是扣除了八九成的不如意，至少还有一二成如意的、快乐的、欣慰的事情，我们如果要过快乐人生，就要常常想那一二成好事，这样就会感到庆幸，懂得珍惜，不致被八九成的不如意所打倒了。"

朋友听了，非常欣喜，抱着"常想一二"回家了。

几个月之后，他来探视我，又来向我求字，说是："每天在办公室劳累受气，一回到家看见那幅‘常想一二’就很开心，但是墙壁太大，字显得太小，你再写几个字吧！”

对于好朋友，我一向都是有求必应的，于是为“常想一二”写了下联“不思八九”，上面又写了“如意”的横批，中间顺手画一幅写意的瓶花。

没想到又过几个月，我再婚的消息披露报端，引来许多离奇的传说与流言的困扰，朋友有一天打电话来，说他正坐在客厅里我写的字前面，他说：“想不出什么话来安慰你，念你自己写的字给你听：常想一二，不思八九，事事如意！”

接到朋友的电话使我很感动。我常觉得在别人的喜庆里锦上添花是容易的，在别人的苦难里雪中送炭却很困难，那种比例，大约也是“八九”与“一二”之比。不能雪中送炭的不是真朋友，当然甭说那些落井下石的人了。

不过，一个人到了四十岁以后，在生活里大概都锻炼出“宠辱不惊”的本事，也不会在乎锦上添花、雪中送炭或落井下石了。那是由于我们早已经历生命的痛苦和挫折，也经验过许多情感的相逢与离散，慢慢地寻索出生命中积极的、快乐的、正向的观想。这种观想，正是“常想一二”的观想。

“常想一二”的观想，乃是在重重的乌云中寻觅一丝黎明的曙光；乃是滚滚红尘里开启一些宁静的消息；乃是在濒临窒息时浮出水面，有一次深长的呼吸。

生命已经够苦了，如果我们把五十年的不如意事总和起来，一定会使我们举步维艰。生活与感情陷入苦境，有时是无可奈何的，但如果连思想和心情都陷入苦境，那就是自讨苦吃、苦上加苦了。

在波涛汹涌的海上航行，我早已学会了面对苦境的方法。我总是想：从前的万般折磨我都能苦中作乐，眼下的些许苦难自然能逆来顺受了。

我从小喜欢阅读大人物的传记和回忆录，慢慢归纳出一个公式：凡是大人物都是受苦受难的，他们的生命几乎就是“人生不如意事，十之八九”的真实证言；

但他们在面对苦难时也都能保持正向的思考，能“常想一二”；最后，他们超越苦难，苦难便化成生命最肥沃的养料，是为了他们开启莲花而做准备的。

使我深受感动的不是他们的苦难，因为苦难到处都有；使我感动的是，他们面对苦难时的坚持、乐观与勇气。

原来，“如意”或“不如意”，并不是决定于人生的际遇，而是取决于思想的瞬间。

原来，决定生命品质的不是“八九”，而是“一二”。

原来，苦难对陷入其中的人是以数量计算，对超越的人却变成质量。数量会累积，质量会活化。

既然生命的苦乐都只是过程，我们何必放弃自我的思想去迎合每一个过程呢？

所以，静下心来想到从前的时候，要常常想那些美好的时光，追忆那些流金的岁月与花样的年华，以抚平我们内心的忧伤。

静下心来想到未来的时候，要常常思维未来的美丽梦想，在彼岸、在黄金铺地的国土，到处都是美丽的花朵与动人的乐章；在走向净土的路上，有诸菩萨与上善人相伴相扶持，以安慰我们在俗世的苦痛。

在不思维过去与未来的时候，就快乐地活在当下，让每一个当下有情有义、发光发热，如诗如歌！

我常常想：达摩祖师渡江的“一苇”，不是芦苇，不是小舟，也不是什么神通，而是一个思想的象征。象征在人生的险海波涛中若能“用美思维”“以好静心”，纵使只有一苇，也能无畏地航行了。

正心修身

精进不怠

过　火

是冬天刚刚走过，春风蹑足敲门的时节，天气像是晨荷巨大叶片上浑圆的露珠，晶莹而明亮，台风草和野姜花一路上微笑着向我们招呼。

妈妈一早就把我唤醒了，我们要去赶一场盛会，在这次妈祖生日盛会里有一场过火的盛典，早在几天前我们就开始斋戒沐浴，妈妈常两手抚着我瘦弱的肩膀，幽幽地对爸爸说："妈祖生日时要带他去过火。"

"火是一定要过的。"爸爸坚决地说，他把锄头靠在门侧，挂起了斗笠，长长叹一口气，然后我们没有再说什么话，就围聚起来吃着简单的晚餐。

从小，我就是个瘦小而忧郁的孩子，每天爬山过河并没有使我的身体勇健，父母亲长期垦荒拓土的恒毅忍艰也丝毫没有遗传给我。

爸爸曾经为我做过种种努力，他一度希望我成为好猎人，每天叫我背着水壶跟他去打猎，我却常在见到山猪和野猴时吓得大哭失声，使得爸爸几度失去他的猎物，然后就撑着双管猎枪紧紧搂抱着我，他的泪水濡湿我的肩胛，喃喃地说："怎么会这样，怎么会生出这样的孩子……"

他又寄望我成为一个农夫，常携我到山里工作，我总是在烈日烧烤下昏倒在正需要开垦的田地里，也时常被草丛中窜出的毒蛇吓得屁滚尿流，爸爸不得不放下锄头跑过来照顾我。醒来的那一刻我总是听到爸爸长长而悲伤的叹息。

我也天天暗下决心要做一个男子汉，慢慢地，我变得硬朗了，爸妈也露出欣慰的笑容，可是他们的努力和我的努力一起崩溃了，在我孪生的弟弟七岁那年死的时候。

眼见到和自己一模一样的弟弟死去，我竟也像死去一半了，失去了生存的勇气，我变成一个失魄的孩子，每天眉头深结，形销骨立，所有的医生都看尽了，所有的补药都吃尽了，换来的仍是叹息和眼泪。

然后爸爸妈妈想到神明。想到神明好像一切希望都来了。

神明也没有医好我，他们又祈求十年一次的大过火仪式，可以让他们命在旦夕的儿子找到一闪生命的火光。

我强烈地惦怀弟弟，他清俊的脸容常在暗夜的油灯中清晰出来，他的脸是刀凿般深刻，连唇都有血一样的色泽。我们曾脐带相连地度过许多快乐和凄苦的岁月，我念着他，不仅因为他是我的兄弟，更主要的是我们生命血肉的最根源处紧紧纠结。

弟弟的样貌和我一模一样，个性却不同，弟弟强韧、坚毅而果决，我是忧郁、畏缩而软弱，如果说爸爸妈妈是一间使我们温暖的屋宇，弟弟和我便是攀爬而上的两种植物，弟弟是充满霸气的万年青，我则是脆弱易折的牵牛，两者虽然交缠分不出面目，又是截然不同，万年青永远盎然充满炽盛的绿意，牵牛则常开满忧郁的小花。

刚上一年级，弟弟在上学的长途中常常负我涉水过河，当他在急湍的河水中苦涉时，我只能仰头看白云缓缓掠过。放学回家，我们要养鸡鸭，还要去割牧草，弟弟总是抢着做工，把割来的牧草与我对分，免得回家受到爸妈责备的目光。

弟弟也常为我的懦弱吃惊，每次他在学校里打架输了，总要咬牙恨恨地望我。

有一回，他和班上的同学打架，我只能缩在墙角怔怔地看着，最后弟弟打输了，坐跌在地上，嘴角淌着细细的血丝，无限哀怨地凝睇着他无用的哥哥。

我撑着去找他，弟弟一把推开我，狂奔出教室。

那时已是秋深了，相思树的叶子黄了，灰白的野芒草在秋风中杂乱地飞舞，弟弟拼命奔跑，像一只中枪惊惶而狂怒的白鼻心，要借着狂跑吐尽心中的最后一口气。

“宏弟，宏弟。”

我嘶开喉咙叫喊。弟弟一口气奔到黑肚大溪，终于力尽了颓坐下来，缓缓地躺卧在溪旁，我的心凹凸如溪畔团团围住弟弟的乱石。

风，吹得很急。

等我气喘吁吁赶到，看见弟弟脸上已爬满了泪水，一张脸湿漉漉的，嘴边还凝结着褐暗色的血丝，脸上的肌肉紧紧地抽着，像是我们农田里用久了的水泵。

我坐着，弟弟躺卧着，夕阳斜着，把我们的影子投照在急速流去的溪中。弟弟轻轻抽泣很久，抬头望着天云万叠的天空，低哑着声音问：“哥，如果我快被打死了，你会不会帮助我？”

之后，我们便紧紧相拥放声痛哭，哭得天都黄昏了，听见溪水潺潺，才一言不发走回家。那是我和弟弟最后的一个秋天，第二年他便走了。

爸爸牵我左手，妈妈执我右手，在金光万道的晨曦中，我们终于出发了。一路上远山巅顶的云彩千变万化，我们对着阳光的方向走去，爸爸雄伟的体躯和妈妈细碎的步子伴随着我。

从山上到市镇要走两小时的山路，要翻过一座山涉过几条溪水，因为天早，一路上雀鸟都被我们的步声惊飞，偶尔还能看见刺竹林里松鼠忙碌地跳跃，我们没有说什么话，只是无声默默前行，一直走到黑肚大溪，爸爸背负我涉过水的对岸，突然站定，回头怅望迅即流去的溪水，隔了一会儿说：

"弟弟已经死了，不要再想他。"

"爸爸今天带你去过火，就像刚刚我们走水过来一样，你只要走过火堆，一切都会好转。"

爸爸看到我茫然的眼神，勉强微笑说：

"只不过是一个小小的火堆罢了。"

我们又开始赶路，我侧脸望着母亲手挽花布包袱的样子，她的眼睛里一片绿，映照出我们十几年垦拓出来的大地，两个眼睛水盈盈的。

我走得慢极了，心里只惦想着家里养的两只蓝雀仔，爸爸索性把我负在背上，愈走愈快，甚至把妈妈丢在远远的后头了。

穿过相思树林的时候，我看到远方小路尽头处有一片花花的阳光。

一个火堆突然莫名地闪过我的脑际。

抵达小镇的时候，广场上已经聚集了黑压压的人头，这是小镇十年一次的做醮，腾沸的人声与笑语嗡嗡地响动。我从架满肥猪的长列里走过，猪头张满了绷起的线条，猪口里含着金橙色的新鲜橘子，被剖开肚子的乳猪们竟微笑着一般，怔怔地望着溢满欣喜的人群。

广场的左侧被清出一块光洁的空地，人们已经围聚在一起，看着空地上正猛烈燃烧的薪材，爸爸告诉我那些木材至少有四千斤，火舌高扬冲上了湛蓝的天空，在毕毕剥剥的柴裂声中我仿佛听见人们心里狂热的呼喊，人人的脸蛋都烘成了暖滋滋的新红色。两个穿着整齐衣着的人手拿丈长的竹竿正挑着火堆，挑一下，飞扬起一阵烟灰，火舌马上又追了上来。

一股刚猛的热气扑到我脸上，像要把我吞噬了。妈妈拉我到怀中，说：“不要太靠近，会烫到。”正在这时，广场对角的戏台咚咚锵锵地响起了锣鼓，扮仙开始，好戏就要开锣了。

咚咚锵锵，咚咚锵，柴火慢慢小了，剩下来的是一堆红通通的火炭，裂成大大小小一块块，堆成一座火热的炭山。我想起爸爸要我走火堆，看热闹的心情好像一下子被水浇灭了。

“司公来了！司公来了！”人群里响起一阵呼喊，壅塞的人群眼睛全望向相同的方向，一个身穿黑色道袍头戴黑色道帽的人走来，深浓的黑袍上罩着一件猩红色的绸缎披肩，黑帽上还有一枚鲜红色的帽粒。

人群让开一条路，那个又高又瘦的红头道士踏着八卦步一摇一摆地走进来，脸上像一张毫无表情的画像。

人们安静下来了。

我却为这霎时的静默与远处噪闹的锣鼓而微微地颤抖。

红头道士做法事的另一边，一个赤裸上身的人正颤颤地发抖，颤动的狂热使人群的焦点又注视着他，爸爸牵我走过去，他说那是神的化身，叫作童乩。

童乩吐着哇哇不清的语句，他的身侧有一个金炉和一张桌子，桌上有笔墨和金纸。他摇得太快，使我的眼睛花乱了，他提起笔在金纸上乱画一遍，有圈、有钩、有直，我看不出那是什么。爸爸领了一张，装在我的口袋里，说可以保佑我过火平安，平安装在我的口袋里便可以安心去过火了。

呜——呜——呜！呜！

远远望去，红头道士正在木炭堆边念咒语，烟雾使他成为一个诡异的立体，他左手持着牛角号，吹出了低沉而令人惊撼的声音。右手的一条蛇头软鞭用力抽打在地上，发出“啪啪”的响声，鞭声夹着号角声，人人都被震慑住了。

爸爸说，那是用来驱赶邪鬼的。

后来，道士又拿来一个装了清水的碗和盛满盐巴的篮子，他含了一口水，“噗”一声喷在炭上，“嗤——”一阵水烟蒸腾起来，他口中喃喃，然后把一篮盐巴遍洒在火堆上。三乘小轿在火堆旁绕圈子，有人拿长竹竿把火堆铺成一丈长、四尺宽的火毡，几个精壮的汉子用力拨开人群，口里高呼着：“请闪开，过火就要开始了。”

三乘小轿越转越快，转得像飞轮一样。

妈妈紧紧抱我在怀中。

三乘小轿的轿夫齐声呼喝，便顺序跃上火毡，“嗤”一声，我的心一阵紧缩，他们跨着大步很快地从火毡上跑过去，着地的那一刻，所有人都从梦般的静默里惊呼起来，一些好事的人跑过去看他们的脚，这时，轿夫笑了。

“火神来过了，火神来过了。”许多人忍不住狂呼跳叫。

红头道士依然在火堆旁念着神秘的不可知的像响自远天深处的咒语。

过火的乡人们都穿着一式的汗衫短裤，露出黧黑而多毛的腿，一排排的腿竟像冒着白烟，蒸腾着生命的热气。

那些腿都是落过田水的，都是在炙毒的阳光和阴诈的血蛭中慢慢长成，生活的熬炼就如火炭一直铸着他们——他们那样兴奋，竟有一点去赶市集一样，人人

面对炭火总是有些惊惶，可是老天有眼，他们相信这一双肉腿是可以过火的。

十二月天，冷酸酸的田水，和春天火炙炙的炭火并没有不同，一个是生活的历练，一个是生命的经验，都只不过是农人与天运搏斗的一个节目。

轿子，一乘乘地采取同样的步姿，夸耀似的走过火堆。

爸爸妈妈紧紧牵着我，每当“嗤”的声音响起，我的心就像被铁爪抓紧一般，不能动弹。

司锣的人一阵紧过一阵地敲响锣鼓。

轿夫一次又一次将他们赤裸的脚踝埋入红艳艳的火毡中。

随着锣鼓与脚踝的乱蹦乱跳，我的心也变得仓皇异常，想到自己要迈入火堆，像是陷进一个恐怖的海上噩梦，抓不到一块可以依归的浮木。

一张张红得诡谲的玄妙的脸闪到我的眼睫来。

我抓紧爸妈微微渗汗的手，思及弟弟在天地的风景中永远消失的一幕，他的脸像被火烤焦的紫红色，头一偏，便魔魇也似的去了，床侧焚烧的冥纸耀动鬼影般的火光。

在火光的交叠中，我看到领过符的乡民一一迈步跨入火堆。

有的步履沉重，有的矫捷，还有仓皇跑过的。

我看到一位老人背负着婴儿走进火堆，他青筋突起的腿脚毫不迟疑地埋进火中，使我想起顶上红绿交揉的庄严画像。爸爸告诉我，那是他重病的小儿子，神明用火来医治他。

咚咚锵锵，咚咚锵。

远处的戏锣和近处的锣鼓声竟交缠不清了。

"阿玄，轮到你了。"妈妈用很细的声音说。

"我——，我怕。"

"不要怕，火神来过了，不要怕。"

爸妈推着我就要往火堆上送。

我抬头望望他们，央求地说："爸，妈，你们和我一起走。"

"不行。只有你领了符。"爸爸正色道。

锣声响着。

火光在我眼前和心头交错。

爸妈由不得我，便把我架走到火堆的起点。

"我不要，我不要——"我大声号哭起来。

"走，走！"爸爸吼叫着。

我不要——

妈——

我跪了下来，紧紧抱住妈妈的腿，泪水使我什么都看不见了。

“没出息。我怎么会生出这种儿子，给我现世，今天你不走，我就把你打死在火堆上。”爸爸的声音像夏天午后的西北雨雷，嗡嗡响动，我抬头看，他脸上爬满泪水，重重把我摔在地上，跑去抢起道坛上的蛇头软鞭，“啪”一声抽在我身旁的地上，溅起一阵泥灰。

“我打死你！我打死你！林姓的祖先做了什么孽，生出这样的孩子，我打死你。让你去和那个讨债的儿子做堆！”我从来没有看过爸爸暴怒的面容，他的肌肉纠结着，头发扬散如一头巨狮。

“你疯了。”妈妈抢过去拦他，声音凄厉而哀伤。

红头道士、轿夫们、人群都拥过来抓住爸爸正要飞来的鞭子。

锣也停了。

爸爸被四个人牢牢抓住，他不说话，虎目如电穿刺我的全身。

四周是可怕的静寂。

我突然看见弟弟的脸在血红的火堆中燃烧，想起爸爸撑着猎枪掉泪的面影和他辛苦荷锄的身姿，我猛地站起，对爸爸大声说：“我走，我走给你看，今天如果我不敢走这火堆，就不是你的囝仔。”

锣声缓缓响起。

几千道目光如炬注视。

我走上了火堆。

第一步跨上去，一道强烈的热流从我脚底窜进，贯穿了我的全身，我的汗水和泪水全滴在火上，一声“嗤”，一阵烟。

我什么都看不见，仿佛陷进一个神秘的围城，只听到远天深处传来弟弟轻声的耳语：“走呀！走呀！”那是一段很短的路，而我竟完全不知它的距离，不知它的尽处，相思林尽头的阳光亮起，脚下的火也浑然或忘了。

踩到地的那一刻，土地的冰凉使我大吃一惊，“唬——”一声，全场的人都欢呼起来，爸爸妈妈早已等在这头，两个人抢抱着我，终于号啕地哭成一堆。打锣的人戏剧性地欢愉地敲着急速的锣鼓。

爸爸疯也似的紧抱我，像要勒断我的脊骨。

那一天，那过火的一天，我们快乐地流泪走回家。

到黑肚大溪，爸爸叫我独自涉水。

猛然间，我感到自己长大了。

童年过火的记忆像烙印一般影响了我整个生命的途程，日后我遇到人生的许多事都像过火一样，在起步之初，我们永远不知道能否安全抵达火毡的那一端，我们当然不敢相信有火神，我们会害怕、会无所适从、会畏惧受伤，但是人生的火一定要过、情感的火要过、欢乐与悲伤的火要过、沉定与激情的火要过、成功与失败的火要过。我们不能退缩，因为我们要单独去过火，即使亲如父母，也有无能为力的时候。

冰河融化

闭门著书多岁月，壁间章句动风雷。

一字知音未易求，寂寞烟霞只自知。

——《唐诗集句》

弟弟送我一套《雍正皇帝》，我一看，厚厚的三大册，卷首说是有一百三十万字，又是写帝王的，当场摇头。

我们的时间是多么宝贵，哪有时间阅读一百多万字的作品？何况写的是皇帝，历史上的皇帝在我看来都是不真实的。正史上拼命地造神，野史里却是猪狗不如。民主时代的政治人物都在努力塑造自己的伟大，何况是古代的帝王，其虚妄可以想见。

弟弟说："这一套不一样，很好看的，以我们年少时代读金庸的精神，很快就看完了。"

我答应看看。

没想到一打开《雍正皇帝》就合不上，几天就读完了，觉得意犹未尽，又找来《康熙大帝》一百六十万字，《乾隆皇帝》两百三十万字。再找来二月河的《爝火五羊城》《二月河短篇小说集》《匣剑帷灯》……

二月河的历史小说写得生动好看，使人无法罢手。那种好看的快感，与从前读金庸、高阳十分相近。金庸与高阳的作品遍读，人也是熟识的，使我了解到人与作品的关系，因此对二月河就十分好奇，就好像吃了好的鸡蛋也想去了解下蛋的母鸡。

二月河的本名叫凌解放，由于笔名太响，本名就被遗忘了。听说他成名后，很多人叫他“二老师”“二先生”，弄得他啼笑皆非。为什么取名为二月河？

我小时候住在黄河边的三门峡，那个地方有个太阳渡，上中下三个渡。小时候给我印象最深的是太阳。太阳落下来，整个黄河河面上、整个邙山，呈现一派非常壮观的玫瑰紫色，像流淌着一河黄金。黄河到二月冰开，河中冰块如万马奔腾，非常壮观。二月河就特指黄河。我曾说过，将来我死了以后，最好把我扔进黄河里去。

我还是有所牵挂的。我牵挂我的爱女和家庭，我牵挂那些爱我和我爱着的人的痛苦，我也牵挂那条金色的黄河，那魂萦梦绕的太阳渡。我不会忘记，我是太阳渡的孩子！

二月河会成为作家，过程有些曲折，他出生于一九四五年，二十三岁去当兵，三十三岁退伍，被分派到南阳市委宣传部当个小职员。他当时醉心于《红楼梦》，写些红楼梦的随笔文章，他写了一篇《史湘云是禄蠹吗？》被刊在红学刊物上，因此被吸收为全国红学会的河南理事。

一九八二年，红学会在上海举行，红学专家冯其庸在会议上说：“康熙皇帝

是一个文治武功、雄才大略的皇帝，可惜至今没有人写成小说！”

二月河听了，内心怦然一动，他暗自下了决心：“康熙还没有人写成小说，我来试试！”

他夜以继日，潜心阅读清人的笔记、野史，又对正史下了一番功夫，一年之后，他竟写成了《康熙大帝》第一卷，厚厚四十万字。他和省级的出版社联系出版，没有成功，因为在这之前，他连一篇短篇小说也没有发表过，不要说全国文坛，连南阳市都很少人知道他。

一九八三年秋天，河南人民出版社的顾仞九先生拿着二月河投来的书稿到南阳市，与二月河见面。

一九八五年，《康熙大帝》第一卷出版，被认为是另辟蹊径、大气磅礴、语言典雅的大作，二月河成为文坛的一匹黑马。

第一部分作品出版的时候，二月河正好四十岁。

四十岁，对一个作家来说，起步算是晚的。听说他成名之后，每个星期天还是到弟弟家，帮父亲捶背、按摩。有一次帮父亲洗脚，父亲看着他，突然冒出一句话：“世无英雄，遂使竖子成名！”

在父亲眼中是“竖子”的二月河，继续努力写作，他的《康熙大帝》和《雍正皇帝》都被大陆中央电视台改编为电视剧，接着在台湾的电视台播出。他的作品也随之广为流传，成为家喻户晓的作家。

这个世界上，所有的人都可以分成两种，作家亦然，一种是天生的，一种是后天的努力。二月河是后天努力的典型。

当他开始写帝王系列时还是个小职员，每天利用下班时间写作，连稿纸都不足，买不起一个电扇。为了不让汗液溅湿稿纸，他在胳膊上缠两条干毛巾，脚下泡着一盆冷水，每天写到半夜两三点。有时困得撑不住，他用烟头烫胳膊来提神。

从事写作的人对那个画面应该都不陌生，但这些外在条件只是身体之苦，创作的心灵之苦才是最艰难的。

成为名作家的二月河发现自己的创作更困难了，一是已经成功的东西有一种高度，要超越是有困难的；二是总有人不断地提醒他，他是二月河，是名作家，不能随便创作。

我开始新的创作，就会让自己回到从前，我一无所有，只是个初学者。

机遇对每个人都是差不多的，强者弱者之间，也没有多少区别，关键是谁的功夫下得大。社会上的诱惑太多，谁拒绝诱惑谁就成功了一半，另一半就是耐得住寂寞，没有时间学习的人，要想成大器，有点异想天开。

创作是一条寂寞的路，创作者也多少有寂寞之心，这使创作文学与写作文不同。写作文是为所应然，文学创作是不得不然，所以，文学的心可以突破一切的钳制，四十岁可以开始创作，六十岁何尝不可以？

如果创作的心已经开启，永远不会太迟。

巴赫写《马太受难曲》是四十四岁，亨德尔五十六岁才写《弥赛亚》。

海顿最好的作品是五十岁后写的，《创世纪》写于六十七岁。

贝多芬最好的旋律，完成于四十五到五十七岁。

瓦格纳的《特里斯坦与伊索尔德》成于四十六岁，《帕西法尔》成于六十九岁。

达·芬奇闻名于世的画作《蒙娜丽莎》是五十四岁的作品。

伦勃朗最伟大的油画是五十岁之后才画的。

米开朗基罗最令人心动的绘画，完成于五十九到八十九岁之间。

……

二月河把五百二十万字的康熙、雍正、乾隆称之为“落霞三部曲”。“落霞与孤鹜齐飞，秋水共长天一色。”创作之心是落霞，文学作品是孤鹜；作家的寂寞是秋水，读者的掌声是长天；这些都是一色的，对于热爱写作的人没有什么区别！

有人来问我：“我想要创作，不知道从什么时候开始才好？”

我说：“从现在开始！”

不管现在是几月，不管今年是几岁，就在冰河融化的那一刻开始，写作就是如此，没有什么秘密，把稿纸打开，写下第一个句子；或打开电脑，输入第一个字；结冻的冰就会开始融化，或者会看见落霞下的玫瑰紫，一河的黄金静静地流过窗前。

心田上的百合花

在一个偏僻遥远的山谷里，有一个高达数千尺的断崖。不知道什么时候，断崖边上长出了一株小小的百合。

百合刚刚诞生的时候，长得和杂草一模一样。但是，它心里知道自己并不是一株野草。

它的内心深处，有一个内在的纯洁的念头：“我是一株百合，不是一株野草。唯一能证明我是百合的办法，就是开出美丽的花朵。”有了这个念头，百合努力地吸收水分和阳光，深深地扎根，直直地挺着胸膛。

终于，在一个春天的早晨，百合的顶部结出了第一个花苞。

百合的心里很高兴，附近的杂草却都不屑，它们在私底下嘲笑着百合：“这家伙明明是一株草，偏偏说自己是一株花，还真以为自己是一株花，我看它顶上结的不是花苞，而是头上长瘤了。”

公开的场合，它们讥笑百合：“你不要做梦了，即使你真的会开花，在这荒郊野外，你的价值还不是跟我们一样？”

偶尔也有飞过的蜂蝶鸟雀，它们也会劝百合不用那么努力开花：“在这断崖边上，纵然开出世界上最美的花，也不会有人来欣赏呀！”

白合说："我要开花，是因为我知道自己有美丽的花；我要开花，是为了完成作为一株花的庄严生命；我要开花，是由于自己喜欢以花来证明自己的存在。不管有没有人欣赏，不管你们怎么看我，我都要开花！"

在野草和蜂蝶的鄙夷下，野百合努力地释放着内心的能量。有一天，它终于开花了，它那灵性的洁白和秀挺的风姿，成为断崖上最美丽的颜色。

这时候，野草与蜂蝶，再也不敢嘲笑它了。

百合花一朵朵地盛开着，它花上每天都有晶莹的水珠，野草们以为那是昨夜的露水，只有百合自己知道，那是极深沉的欢喜所结的泪滴。

年年春天，野百合努力地开花、结籽。它的种子随着风，落在山谷、草原和悬崖边上，到处都开满洁白的野百合。

几十年后，远在千百里外的人，从城市、从乡村，千里迢迢赶来欣赏百合花。许多孩童跪下来，闻嗅百合花的芬芳；许多情侣互相拥抱，许下了"百年好合"的誓言；无数的人看到这从未有过的美，感动得落泪，触动内心那纯洁温柔的一角。

那里，被人们称为"百合谷地"。

不管别人怎么欣赏，满山的百合都谨记着第一株百合的教导："我们要全心全意默默地开花，以花来证明自己的存在。"

一杯蜜是炼过几只蜂的

住处附近，有一家卖野蜂蜜的小店，夏日里我常到那里饮蜜茶，常觉在炎炎夏日喝一杯冰镇蜜茶，甘凉沁脾，是人生一乐。

今年我路过小店，冬蜜已经上市，喝了一杯蜜茶，付钱的时候才知道涨了一倍有余，我说："怎么这样贵，比去年涨了一倍？"照顾店面眉目清秀的国中小女生，讲得一口流利的好普通话，马上应答道："不贵，不贵，一杯蜜是炼过几只蜂的。"

这句话令我大感不解，惊问其故。小女生说："蜜蜂酿一滴蜜，要飞很远的地方，要采过很多花，有时候摘蜜，要飞遍一整座山头哩！还有，飞得那么远，说不定会迷路，说不定给小孩子捉了，说不定飞得疲倦，累死了。"听了这一番话，我欣然付钱，离开小店。

走回家的路上，我一直想着那位可爱的小女孩说的话，一任想象力奔飞，也许真是这样的，一杯在我们手中看起来不怎么样的蜜茶，是许多蜜蜂历经千辛万苦才采集得来，我们一口饮尽。一杯蜜茶，正如饮下了几只蜜蜂的精魂。蜜蜂是一种奇怪的动物，它飞来飞去，历遍整座山头、整个草原，搜集了花的精华，一丝一丝酝酿，很可能一只蜜蜂的一生只能酿成一杯我们喝一口的蜜茶吧！

几年前，我居住在高雄县大岗山的佛寺里读书，山下就有许多养蜂人家，经常的寻访，使我对蜜蜂这种微小精致的动物有一点认识。养蜂的人经常上山采集蜂巢，他们在蜂巢中找到体型较大的蜂王，把它装在竹筒中，一霎时，一巢嗡嗡嘤嘤的蜜蜂都变得温驯听话了，跟在手执蜂王的养蜂人后面飞，一直飞到蜂箱里安居。

蜜蜂的这种行为是让人吃惊的，对于蜂王，它们是如此专情，在一旁护卫，假若蜂王死了，它们就一哄而散，连养蜂人都不得不佩服，但是养蜂人却利用了蜜蜂专情的弱点，驱使它们一生奔走去采花蜜——专情的人恐怕也有这样的弱点，任人驱使而不自知。

但是蜜蜂也不是绝对温驯的，外敌来犯，它们会群起而攻，毫不留情，问题是，每一只蜜蜂的腹里只有一根螫针，那是它们生命的根本，一旦动用那根螫针攻击了敌人，它们的生命很快也就完结了。用不用螫针在蜜蜂是没有选择的，它明知会死，也要攻击。——有时，人也要面临这样的局面，选择生命而畏缩的人往往失败，宁螫而死的往往成功，因为人是有许多螫针的。

养蜂的人告诉我，蜜蜂有时也有侵略性的，当所有的花蜜都采光的时候，急需蜂蜜来哺育的蜜蜂就会倾巢而出，到别的蜂巢去抢蜜，这时就会发生一场激烈的战斗，直到尸横遍野才分出胜负——人何尝不是如此，仓廪实才知荣辱，衣食足才知礼仪。

为了应付无蜜的状况，养蜂人只好欺骗蜜蜂，用糖水来养蜜蜂，让它们吃了糖水来酿蜜，用来供应爱吃蜜的人们——再精明的蜜蜂都会上当，就像再聪明的人也会上当一样。蜜蜂是有社会性的群居动物，在某些德性上和人是很接近的，但是不管如何，蜜蜂是可爱的，它们为了找花中甘液，万苦不辞，里面确实有一些艺术的境界。在汲汲营营的世界里，究竟有多少人能为了追求甘美的人生理想而永不放弃呢？

旧时读过一则传说，其中有些精神与蜜蜂相似，那是记载在《辍耕录》里的传说："有年七八十岁老人，自愿舍身济众，绝不饮食，惟澡身啖蜜，经月，便溺皆蜜。既死，国人殓以石棺，仍满用蜜浸，镌志岁月于棺盖，瘗之；俟百年启封，则蜜剂也，凡人折伤肢体，服匕许，立愈，虽彼中亦不多得，俗曰蜜人，番言木乃伊。"这个蜜人的传说不一定可信，但是一个人的牺牲在百年之后还能济助众人，可贵的不在他的尸体化成一帖蜜剂，而是他的精神借着蜜流传了下来。

蜜蜂虽不澡身，但是它每天啖蜜，让人们在夏季还能享受甘凉香醇的蜜茶，在啖蜜的过程，有许多蜜蜂要死去，未死的蜜蜂也要经过许多生命的熬炼，熬呀熬的才炼出一杯蜜茶，光是这样想，就够浪漫，够令人心动了。

在实际人生中也是如此，生命的过程原是平淡无奇，情感的追寻则是波涛万险，如何在平淡无奇波涛万险中酿出一滴滴的花蜜，这花蜜还能让人分享，还能流传，才算不枉此生。虽然炼蜜的过程一定是痛苦的，一定要飞过高山平野，一定要在好大的花中采好少的蜜，或许会疲累，或许会死亡。

可是痛苦算什么呢？每一杯蜂蜜都是炼过几只蜂的。

时间道场

一分钟很短，但是，一分钟比五十九秒还长，比一秒钟更长很多，所以，要珍惜每一分钟。

佛经里最短的时间是一刹那，等于七十五分之一秒。一念里有九十刹那，一刹那有九百生灭，因此连刹那也是无限。

佛经里最长的时间叫“阿僧祇”，是不可计算、无量数的意思。据称一阿僧祇有一千万万万万万万万万兆年，可是又说“一念遍满无量阿僧祇劫”，因此长短并没有分别。

一弹指，也是佛经的用语。一弹指有六十五刹那。有的经说一弹指有九百六十生死，有的经说一弹指之间心念转动九百六十次。还有说二十念为一瞬，二十瞬为一弹指。又有说，四百念为一弹指，一万二千弹指是一昼夜。并不是佛经不统一，而是时间乃相对的概念，不是绝对的。

有的人一分钟当千百世用，有的人千百世轮回生死业海茫茫，不及别人的一弹指。

一寸时光，就是一寸命光，每一眨眼，命光就流逝了。因此，注意当下，就是珍惜永恒的生命。

在思想与思想之间，时间一定留有空隙。只要进入那空间，有觉察的力，时间就等于智慧。

不要期待永恒的理想，若能安住在此刻的时间上，此刻就是净土，就是永恒的理想。

“万法归一，一归何处？”其实，一就展现了万法，就像一秒钟不能从一万年抽出。一万年则是由许多秒组成。

年龄不能作为智慧的依据，因为每个人都是宇宙的老人。上帝未生之前，我就存在了。这是宇宙的真实。

有理想、有壮怀的人不因时间消逝而颓唐，而是到死的瞬间还保持着向前的心。

我喜欢两副对联：

世事如棋局，不着者便是高手；

一身似瓦瓮，打破了才见真空。

两个空拳握古今，握住也须放手；

一枝金笏担朝政，担起也要歇肩。

——真是道尽了人与时间赛跑的关系，人不能与时间赛跑，但人可以包容时间、善待时间。

极大之处，有极小存在；极近之处，有极远存在；极恶之处，一定也有佛存在。

时间是空，但它创造了无限的有；时间是不可捉摸的，却制造许多可捉之物；时间的空与不空是同一质、同一味。

“万法是真如，由不变故；真如是万法，由随缘故。”时间从未变过，因为钟表、日夜都不是时间；但时间也从未住留，因为整个宇宙都是时间的痕迹，时间的道场，在为我们说缘起的法、生灭的法。

射出去的箭

旧时在乡间，我亲手种植过的两种植物，常常给我很深刻的启示。

一种是竹子，一种是香蕉树，这两种植物都是靠着从根部长出的芽来繁殖的。竹子旁边长出的竹笋，通常要八到十年才会长成熟，当一株母竹长出幼苗的时候，为了让幼苗有自己的天地，长得高，长得好，就要通过移植，将幼苗移开母竹，另外找一块土地栽种它。

香蕉树又不同，一株香蕉只能结一次果，收割香蕉的时候，就顺便将母株砍断，保留它根部的幼苗，死去的母株则成为幼苗最好的肥料；如果不砍断母株，那幼苗就难以长大，难以结出更好的香蕉。

大自然的生灭及转换，全是经过这样的过程，所有会结果的植物，它的果必然是从母株脱落后才能在土地上重生；如果它留在树上，永远只是个果，不能长得像它的父母一样高大。

这些果，有时是和母体的根部相连，有的是在母体附近，另有一些繁殖力更强的植物，它们的种子会飘向更远的地方，像蒲公英的种子、棉花的种子，银合欢的种子，在强风的吹袭下，往往会飞到几里甚至几十里外的地方，假如飘进河里，它可能流到另外的国度。

虽然植物的孩子离开了母亲也可能枯萎，可能毁灭，但它如果不离开母亲，就永远没有新的生机。从更大的角度来看，植物的孩子并不属于母亲，而属于大地。

动物也是如此。强大如狮子老虎，固然是年幼时期就要各自独立，弱小如兔子鸟雀，也不能永远在父母的羽翼之下。离开父母的动物有两个下场：一是不能独立而失败，二是自己发展而茁壮；倘若它不肯离开，就只有前面一种下场。

动植物是不是深明这个道理，我不知道，但这是自然的演变与进化，则是无可置疑的。

我不明白的是，为什么自喻万物之灵的人中，有许多人总不能体会这个道理。父母都害怕子女有一天会离开他们，都希望他们继承家业，因此，在子女幼小的时候，我们就为他们规划好了日后的路，期待他们往那划定的方向走；有的寄望他们走我们走过的旧路，有的企求他们完成我们未尽的理想。

这些既定的路是违反自然的，于是悲剧就不断地发生，像逼迫孩子考大学，不顾孩子的兴趣，孩子为了反抗而自杀。像反对儿子的婚姻，致使情爱生变，儿子纵火杀人。像对孩子的期望太高，他无力达成，为了自求毁灭而抢劫了银行。这都是最近的社会新闻。在实际的人生中，亲子两代的问题更不知凡几。可叹的是，悲剧的肇因是父母不肯让孩子选择自己的路。当我看到悲剧发生后，父母悔恨痛苦地流泪，不知何以自处的时候，就觉得在这一方面，人实在不如一株小小的蒲公英。

每一只野鸽子都有它自己的黄昏，为什么父母一定要为孩子决定自己承受过的迟暮景色？每一株野百合只开百合花，为什么有的父母希望在野百合的株上开出蝴蝶兰呢？父母有什么权利为孩子决定他的大学、他的婚姻、他的事业、他的一生，难道他们有能力伴随他度过整个生命历程吗？

我想起多年以前读过纪·哈·纪伯伦的《先知》，里面有关于孩子的一章，他说：

你的孩子并不是你的。

他们是“生命”的子与女，

产生于“生命”对它自身的渴慕。

他们经你而生，却不是你所造生。

虽然他与你同在，却不属于你。

你可以给他们你的爱，却不是你的思想，

因为他们有他们自己的思想。

你可以供他们的身体以安居之所，
却不可锢范他们的灵魂。
因为他们的灵魂居住在明日之屋，
甚至于你在梦中亦无法探访。
你可以奋力以求与他相像，但不要设法使他们肖似你。
因为生命不能回溯，也不滞恋昨日。

你是一具弓，
你的子女好比有生命的箭，借你而射向前方。

我觉得纪伯伦的《先知》中谈孩子谈得最好，天下望子成龙的父母都应该一读。我们造一支箭要花费很多的时间，我们射箭的时候要用很大的力气，但是我们既造了箭，如果不射出去，再精致的箭又有什么用呢？

大自然的启示是无穷的，所有动植物的孩子都是“大地之子”，而不是属于他们的父母；所有的孩子都是为了明日而生，不是为父母的过去而生。我们宁可让他们在挫折与磨炼中成长，也不要让他们成为温室中的小花。

有哪一种动植物的父母，会为他们的孩子找好落地的地方呢？

送一轮明月给他

一位住在山中茅屋修行的禅师，有一天趁夜色到林中散步，在皎洁的月光下，他突然开悟了自性的般若。

他喜悦地走回住处，眼见到自己的茅屋遭小偷光顾。找不到任何财物的小偷，要离开的时候才在门口遇见了禅师。原来，禅师怕惊动小偷，一直站在门口等待，他知道小偷一定找不到任何值钱的东西，早就把自己的外衣脱掉拿在手上。

小偷遇见禅师，正感到愕然的时候，禅师说："你走老远的路来探望我，总不能让你空手而回呀！夜凉了，你带着这件衣服走吧！"

说着，就把衣服披在小偷身上，小偷不知所措，低着头溜走了。

禅师看着小偷的背影走过明亮的月光，消失在山林之中，不禁感慨地说："可怜的人呀！但愿我能送一轮明月给他。"

禅师不能送明月给那个小偷，使他感到遗憾，因为在黑暗的山林，明月是照亮世界的最美丽的东西。不过，从禅师的口中说出："但愿我能送一轮明月给他。"这口里的明月除了是月亮的实景，指的也是自我清净的本体。从古以来，禅宗大德都用月亮来象征一个人的自性，那是由于月亮光明、平等、遍照、温柔的缘故。怎么样找到自己的一轮明月，向来就是禅者努力的目标。在禅师的眼中，小偷是被欲望蒙蔽的人，就如同被乌云遮住的明月，一个人不能自见光明是多么遗憾的事。

禅师目送小偷走了以后，回到茅屋赤身打坐，他看着窗外的明月，进入定境。

第二天，他在阳光温暖的抚触下，从极深的禅定里睁开眼睛，看到他披在小偷身上的外衣，被整齐地叠好，放在门口。禅师非常高兴，喃喃地说：“我终于送了他一轮明月！”

明月是可送的吗？这真是有趣的故事，在我们的人生经验里，无形的事物往往不能赠送给别人，例如我们不能对路边的乞者说：“我送给你一点慈悲。”我们只能把钱放在盒子里，因为他只能从钱的多寡来感受慈悲的程度。

我们不能对心爱的人说：“我送你一百个爱情。”只能送他一百朵玫瑰。他也只能从玫瑰的数量来推算情感的热度，虽然这种推算往往不能与现实画上等号，因为送玫瑰的人或许比送钻戒者的爱要真诚而热烈。

同样的，我们对于友谊、正义、幸福、平安、智慧等等无价的东西，也不能用有形的事物做正确的衡量。我想，这正是人生的困局之一，我们必须时时注意如何以有形可见的事物来巧妙地表达所要传递的心灵信息。可悲的是，在传递的过程中常常会有“落差”，这种落差常使骨肉至亲反目，患难之交怨愤，恩爱夫

妻仳离，有情人终于成为俗汉。

这些无形又可贵的感情，与禅师的某些特质接近，是“只可意会，不可言传”，是“不立文字，教外别传”，是“当下即是，动念即乖”，是“云在青天水在瓶”，是“平常心是道”！

这个世界几乎没有一种固定的方法可以训练人表达无形的东西，于是，训练表达无形情感的唯一方法就是回到自身，充实自己的人格，使自己具备真诚无伪、热切无私的性格，这样，情感就不是一种表达，而是一种流露。

在一个人能真诚流露的时候，连明月也可以送给别人，对方也真的收得到。

我们时时保有善良、宽容、明朗的心性，不要说送一轮明月，同时送出许多明月都是可能的，因为这种相送只是一种相映，能映照出互相的光明。

此所以禅师说：“但愿我能送一轮明月给他！”是真正人格的馨香。它使小偷感到惭愧，受到映照而走向光明的道路。

木炭与沉香

有一位年老的富翁，非常担心他从小娇惯的儿子，虽然他有庞大财产，却害怕遗留给儿子反而带来祸害。他想，与其将财产留给孩子，还不如教他自己去奋斗。

他把儿子叫来，对儿子说了他如何白手成家，经过艰苦的考验才有今天，他的故事感动了这位从未走出远门的青年，激发了奋斗的勇气，于是青年发誓：如果不找到宝物决不返乡。

青年打造了一艘坚固的大船，在亲友的欢送中出海，他驾船渡过了险恶的风浪，经过无数的岛屿，最后在热带雨林中找到一种树木，这树木高达十余米，在一片大雨林中只有一两株，砍下这种树木经过一年时间让外皮朽烂，留下木心沉黑的部分，会散发一种无比的香气，放在水中不像别的树木浮在水面而会沉到水底去。青年心想：这真是无比的宝物呀！

青年把香味无以比拟的树木运到市场出售，可是没有人来买他的树木，使他非常烦恼。偏偏在青年隔壁的摊位上有人在卖木炭，那小贩的木炭总是很快就卖光了。刚开始的时候青年还不为所动，日子一天天过去，终于使他的信心动摇，他想："既然木炭这么好卖，为什么我不把香树变成木炭来卖呢？"

第二天他果然把香木烧成木炭，挑到市场，一天就卖光了，青年非常高兴自己能改变心意，得意地回家告诉他的老父，老父听了，忍不住落下泪来。

原来，青年烧成木炭的香木，正是这个世界上最珍贵的树木“沉香”，只要切下一块磨成粉屑，价值就超过了一车的木炭。

这是佛经里释迦牟尼说的一个故事，他告诉我们两个智慧：一是许多人手里有沉香，却不知它的珍贵，反而羡慕别人手中的木炭，最后竟丢弃了自己的珍宝。二是许多人虽知道成圣成贤是伟大的心愿，一开始也有成圣成贤的气概，但看到做凡夫俗子最容易、最不费工夫，最后他们就出卖了自己尊贵的志愿，沦落成为凡夫俗子了。

人生的缺憾，最大的就是和别人比较，和高人比较使我们自卑；和下人比较，使我们骄满。外来的比较是我们心灵动荡不能自在的来源，也使得大部分的人都迷失了自我，障蔽自己心灵原有的氤氲馨香。

因此，佛陀说：一个人战胜一千个敌人一千次，远不及他战胜自己一次！

家家有明月清风

到台北近郊登山，在陡峭的石级中途，看见一个不锈钢桶放在石头上，外面用红漆写了两字“奉水”，桶耳上挂了两个塑胶茶杯，一红一绿。在炎热的天气里喝了清凉的水，让人在清凉时感觉到人的温情，这桶水是由某一个居住在这城市里的陌生人所提供的，他是每天清晨太阳升起时就抬这么重的一桶水来，那细致的用心是颇能体会到的。

在烟尘滚滚的世间，人人把时间看得非常重要，因为时间就是金钱，几乎到了没有人愿意为别人牺牲一点点时间的地步，即使是要好的朋友，如果没有重要的事情，也很难约集。但是当我在喝“奉水”的时候，想到有人在这上面花了时间与心思，牺牲自己的力气，就觉得在忙碌转动的世界，仍然有从容活着的人，他为自己的想法去实践某些奉献的真理，这就是“滔滔人世里，不受人惑的人”。

这使我想起童年住在乡村，在行人路过的路口，或者偏僻的荒村，都时常看到一只大茶壶，上面写着“奉茶”，有时还特别钉一个木架子把茶壶供奉起来。我每次路过“奉茶”，不管是不是口渴，总会灌一大杯凉茶，再继续前行，到现在我都记得喝茶的竹筒子，里面似乎还有竹林的清香。

我稍稍懂事的时候，看到了奉茶，总会不自禁地想起乡下土地公庙的样子，感觉应该把放置“奉茶”者的心供奉起来，让人瞻仰，他们就是自己土地上的土地公，对土地与人民有一种无言无私之爱，这是“凡劳苦担重担的人，都到我这里来，我必使他得清凉”的胸怀。我想，有时候人活在这个人世，没有留下任何名姓也不是什么要紧的事，只要对生命与土地有过真正的关怀与付出，就算尽了人的责任。

很久没有看见“奉茶”了，因此在台北郊区看到“奉水”时竟低回良久，到底，不管是茶是水，在乡在城，其中都有人情的温热。山道边一杯微不足道的凉水，使我在爬山的道途中有了很好的心情，并且感觉到不是那么寂寞了。

到了山顶，没想到平台上也有一个完全相同的钢桶，这时写的不是“奉水”，而是“奉茶”，两个塑胶杯，一黄一蓝，我倒了一杯来喝，发现茶是滚热的。于是我站在山顶俯视烟尘飞扬的大地，感觉那准备这两桶茶水的人简直是一位禅师了。在完全相同的桶里，一冷一热，一茶一水，连杯子都配合得恰恰刚好，这里面到底是隐藏着怎么样的一颗心呢？

我一直认为不管时代如何改变，在时代里总会有一些卓然的人，就好像山林无论如何变化，在山林中总会有一些清越的鸟声一样。同样的，人人都会在时间里变化，最常见的变化是从充满诗情画意逍遥的心灵，变成平凡庸俗而无可奈何，从对人情时序的敏感，成为对一切事物无感。我们在股票号子里（这号子取名真好，有点像古代的厕所）看见许多瞪着看板的眼睛，那曾经是看云、看山、看水的眼睛；我们看签六合彩的双手，那曾经是写过情书与诗歌的手；我们看为钱财烦恼奔波的双脚，那曾经是在海边与原野散过步的脚。我们的眼耳鼻舌身意看起来仍然是二十年前无异，可是在本质上，有时中夜照镜，已经完全看不出它们的联结，那理想主义的、追求完美的、每一个毛孔都充满了光彩的我，究竟何在呢？

清朝诗人张灿有一首短诗：“书画琴棋诗酒花，当年件件不离他；而今七事都更变，柴米油盐酱醋茶。”很能表达一般人在时空中流转的变化，从“书画琴棋诗酒花”到“柴米油盐酱醋茶”，人的心灵必然是经过了一番极大的动荡与革命，只是凡人常不自觉自省，任庸俗转动罢了。其实，有伟大怀抱的人物也不能免俗，梁启超有一首《水调歌头》，我特别喜欢，其后半阕是：“千金剑，万言策，两蹉跎。醉中呵壁自语，醒后一滂沱。不恨年华去也，只恐少年心事，强半为销磨。愿替众生病，稽首礼维摩。”我自己的心境很接近梁任公的这首词，人生的际遇不怕年华老去，怕的是少年心事的“销磨”，到最后只是“醒后一滂沱”了。

在人生道上，大部分有为的青年，都想为社会、为世界、为人类“奉茶”，只可惜到后来大半的人都回到自己家里喝老人茶了。还有一些人，连喝老人茶自遣都没有兴致了，到中年还能有奉茶的心，是非常难得的。

有人问我，这个社会最缺的是什么东西？

我认为最缺的是两种，一是“从容”，二是“有情”。这两种品质是大国民的品质，但是由于我们缺少“从容”，因此很难见到步履雍容、识见高远的人；因为缺少“有情”，则很难看见乾坤朗朗、情趣盎然的人。

社会学家把社会分为青年社会、中年社会、老年社会，青年社会有的是“热情”，老年社会有的是“从容”。我们正好是中年社会，有的是“务实”，务实不是不好，但若没有从容的生活态度与有情的怀抱，务实到最后正好是柴米油盐酱醋茶，牺牲了书画琴棋诗酒花。一个彻底务实的人正是死了一半的俗人，一个只知道名利实务的社会，则是僵化的庸俗社会。

在《大珠禅师语录》里记载了禅师与一位讲《华严经》座主的对话，可以让我们看见有情从容的心是多么重要。

座主问大珠慧海禅师：“禅师信无情是佛否？”

大珠回答说：“不信。若无情是佛者，活人应不如死人；死驴死狗，亦应胜于活人。经云：‘佛身者，即法身也，从戒定慧生，从三明六通生，从一切善法生。若说无情是佛者，大德如今便死，应作佛去。’”

这说明禅的心是有情，而不是无知无感的，用到我们实际的人生也是如此，一个有情的人虽不能如无情者用那么多的时间来经营实利（因为情感是要付出时间的），可是一个人如果随着冷漠的环境而使自己的心也沉滞，则绝对不是人生之福。

人生的幸福在很多时候是得自于看起来无甚意义的事，例如某些对情爱与知友的缅怀，例如有人突然给了我们一杯清茶，例如在小路上突然听见冰果店里传来一段喜欢的乐曲，例如在书上读到了一首动人的诗歌，例如偶然看见桑间濮上的老妇说了一段充满启示的话语，例如偶然看见一朵酢浆花的开放……总的说来，人生的幸福来自于自我心扉的突然洞开，有如在阴云中突然阳光显露、彩虹当空，这些看来平淡无奇的东西，是在一株草中看见了琼楼玉宇，是由于心中有一座有情的宝殿。

“心扉的突然洞开”，是来自于从容，来自于有情。

生命的整个过程是连续而没有断灭的，因而年纪的增长等于是生活资料的累积，到了中年的人，往往生活就纠结成一团乱麻了。许多人畏惧这样的乱麻，就拿黄金酒色来压制，企图用物质的追求来麻醉精神的僵滞，以至于将心灵的安宁和融都展现为物质的累积。

其实，可以不必如此，如果能有较从容的心情，较有情的胸襟，则能把乱麻的线路抽出、理清，看清我们是如何失落了青年时代理想的追求，看清我们是在什么动机里开始物质权位的奔逐，然后想一想：什么是我要的幸福呢？我最初所想望的幸福是什么？我的波动的心为何不再震荡了呢？我是怎么样落入现在这个古井的呢？

我时常想起童年时代，那时社会普遍贫穷，可是大部分人都有丰富的人情，人与人间充满了关怀，人情义理也不曾被贫苦生活所昧却，乡间小路的“奉茶”正是人情义理最好的象征。记得我的父亲常挂在嘴上的一句话是：“人活着，要像个人。”当时我不懂这句话的含义，现在才算比较了解其中的玄机。人即使生活条件只能像动物那样，人也不应该活得如动物失去人的有情、从容、温柔与尊严，在中国历代的忧患悲苦之中，中国人之所以没有失去特质，实在是来自这个简单的意念：“人活着，要像个人！”

人的贫穷不是来自生活的困顿，而是来自在贫穷生活中失去人的尊严；人的富有也不是来自财富的累积，而是来自在富裕生活里不失去人的有情。人的富有实则是人心灵中某些高贵特质的展现。

家家都有清风明月，失去了清风明月才是最可悲的！

喝过了热乎乎的“奉茶”，我信步走入林间，看到落叶层缝中有许多美丽的褐色叶片，拾起来一看，原来是褐蝶的双翼因死亡而落失在叶中，看到蝴蝶的翼片与落叶交杂，感觉到蝴蝶结束了一季的生命其实与树叶无异，尘归尘，土归土，有一天都要在世界里随风逝去。

人的身体与蝴蝶的双翼又有什么两样呢？如果活着的时候不能自由飞翔，展现这片赤诚的身心，让我们成为宇宙众生迈向幸福的阶梯，反而成为庸俗人类物质化的踏板，则人生就失去其意义，空到人间走一回了！

下山的时候，我想，让我恒久保有对人间有情的胸怀，以及一直保持对生活从容的步履；让我永远做一个为众生奉茶供水，在热恼中得到清凉的人。

山水有灵 草木有情

黄玫瑰的心

为了这绝望的爱情，我已经过了很长时间沮丧、疲倦，像行尸走肉的日子。

昨夜从矿坑灾变中采访回来，因痛惜生命的脆弱与无助，躺在床上不能入睡。清晨，当第一道阳光照入，我决定为那已经奄奄一息的爱情做最后的努力。我想，第一件该做的事情是到我常去的花店买一束玫瑰花，要鹅黄色的，因为我的女友最喜欢黄色的玫瑰。

剃好胡子，勉强拍拍自己的胸膛说："振作起来。"想到昨天在矿坑灾变前那些沉默哀伤但坚强的面孔，就出门了。

往市场的花店走去，想到在一起五年的女朋友，竟为了一个其貌不扬、既没有情趣又没有才气的人而离开，而我又为这样的女人去买玫瑰花，既心痛、又心碎；生气，又悲哀得想流泪。

到了花店，一桶桶美艳的、生气昂扬的花正迎着朝阳，开放。

找了半天，才找到放黄玫瑰的桶子，只剩下九朵，每一朵都垂头丧气。"真丧，人在倒霉的时候，想买的花都垂头丧气的。"我在心里咒骂。

"老板，"我粗声地问，"还有没有黄玫瑰？"

老先生从屋里走出来，和气地说："没有了，只剩下你看见的那几朵啦。"

“每朵的头都垂下来了，我怎么买？”

“喔，这个容易，你去市场里逛逛，半个小时后回来，我包给你一束新鲜的、有精神的黄玫瑰。”老板赔着笑，很有信心地说。

“好吧。”我心里虽然不信，但想到说不定他要向别的花店调，也就转进市场逛去了。心情沮丧时看见的市场简直是尸横遍野，那些被分解的动物尸体，使我更深刻地感受到了悲苦的世界；小贩刀俎的声音，使我的心更烦乱。

好不容易在市场里熬了半个小时，再转回花店时，老板已把一束元气淋漓的黄玫瑰用紫色的丝带包好了，放在玻璃柜上。

我不敢相信自己的眼睛，我说：“这就是刚刚那些黄玫瑰吗？”——它们垂头丧气的样子还映在我的眼前。

“是呀，就是刚刚那些黄玫瑰。”老板还是笑眯眯地说。

“你是怎么做到的，刚刚明明已经谢了。”我听到自己发出惊奇的声音。

花店老板说：“这非常简单，刚刚这些玫瑰不是凋谢，只是缺水，我把它整株泡在水里，才二十分钟，它们全又挺起胸膛了。”

“缺水？你不是把它插在水桶里吗？怎么可能缺水呢？”

“少年仔，玫瑰花整株都需要水呀，泡在水桶里的是它的根茎，就好像人吃饭一样。但人不能光吃饭，人要用脑筋、有思想、有智慧，才能活得抬头挺胸。玫瑰花的花朵也需要水，但是剪下来后就很少有人注意它的头也需要水了，整株泡在水里，很快就恢复精神了。”

我听了非常感动，愣在那里：呀，原来人要活得抬头挺胸，需要更多智慧，应当把干枯的头脑泡在冷静的智慧之水里。

当我告辞的时候，老板拍拍我的肩膀说：“少年仔，要振作呀！”这句话差点使我流着泪走回家，原来他早就看清我是一朵即将枯萎的黄玫瑰。

回到家，我放了一缸水，把自己整个人泡在水里，体会着一朵黄玫瑰的心，起来后感觉通身舒泰，决定不把那束玫瑰送给离去的女友。

那一束黄玫瑰每天都会泡一下水，一星期以后才凋落花瓣，却是抬头挺胸凋谢的。

这是在几十年前，我写在笔记上的一个真实的事。从那一次以后，我知道了一些买回来的花朵垂头丧气的秘密。最近找到这一段笔记，感触和当时一样深，更确实地体会到，人只要用细腻的心去体会万象万法，到处都有启发的智慧。

一朵花里，就能看到宇宙的庄严，看到美，以及不屈服的意志。

有一位花贩告诉我，几乎是所有的白花都很香，愈是颜色艳丽的花愈是缺乏芬芳，他的结论是："人也是一样，愈朴素单纯的人，愈有内在的芳香。"

有一位花贩告诉我，夜来香其实白天也很香，但是很少闻得到，他的结论是："因为白天人的心太浮了，闻不到夜来香的香气，如果一个人白天心也很静，就会发现夜来香、桂花、七里香，连酷热的中午也是香的。"

有一位花贩告诉我，清晨买莲花一定要挑那些盛开的，结论是："早上是莲花开放最好的时间，如果一朵莲花早上不开，可能中午和晚上都不会开了。我们看人也是一样，一个人在年轻的时候没有志气，中年或晚年是很难有志气的。"

有一位花贩告诉我，愈是昂贵的花愈容易凋谢，那是为了要向买花的人说明："要珍惜青春呀，因为青春是最名贵的花，最容易凋谢。"

有一位花贩告诉我……

让我们来体会这有情世界的一切展现吧，当我们有大觉的心，甚至体贴一朵黄玫瑰，以心印心，心心相印，我们就会知道，原来在最近、最平凡的一切里，就有最深、最奇绝的睿智呀！

情如无憾情补天

连续几天，我都在台北的仁爱路上观察菩提树的变化。

在台湾，由于四季如春，大部分平地的树木都是终年常绿，台北街头比较特别的是木棉和菩提树。木棉树总是在绿叶落尽了才开花，使得木棉花格外的澄明和艳红。

菩提树呢，是冬天的时候，叶子一起落尽，开春时，像焰火爆开，冒出了绿芽。

由于昨夜的残叶已凋谢干净，今晨的新芽更突显出晶莹、透明、翠绿、鲜嫩。那菩提树的叶芽，每天都带给我非常新的欢喜，而且每天都有新的叶芽繁茂出来，日日带给我惊喜。

新长成的叶芽是完全无染的，全新的生命，那样纯粹，那样精美。

我时常在想，为什么初生的叶子会给我那种充满力量的感动呢？为什么成熟的叶子就难以使我动容？这可能来自两个原因：一是新生，凡是新生都需要勇气，并且令人感动。二是无染，当一片叶子从树的心开出来的时刻，它完全没有被外在的世界染着，当我们这些已被染着的心看来，就会感到惭愧了，如同我们看见襁褓中的婴儿一样。

树的新芽与人的婴儿，都是以无比的纯净来面对世界，等到新叶长成，就是凋落的时机；如同婴儿变为成人，就不免俗化、僵硬、老去。我想，如果一个人

能不失去婴儿的心，就可以找到“不老”的灵药吧！

在古今中外的思想家里，最歌颂婴儿纯净的人应该是老子吧！在《道德经》里，老子曾多次地谈到对婴儿之心的向往：

专气致柔，能如婴儿乎？——《道德经》第十章。

（我们是不是能使我们的心气专注从而导致柔软，像婴儿一样呢？）

众人熙熙，如享太牢，如登春台。我独泊兮其未兆，如婴儿之未孩。——《道德经》第二十章。

（世间的人是那样的兴高采烈，就好像享用丰富的酒宴或春天登上高台。唯有我淡泊恬静不起波澜，像还不会笑的婴儿的一样。）

为天下溪，常德不离，复归于婴儿。——《道德经》第二十八章。

（能做天下的溪谷，常德就成为自然，不会散失，如回归到婴儿的状态。）

圣人在天下，歙歙焉；为天下，浑其心。百姓皆注其耳目，圣人皆孩之。——《道德经》第四十九章。

（圣人对天下的人，谦虚怀让；治理天下，有纯朴自然的心。老百姓都能凝神静听，圣人疼惜百姓就如同对待婴儿一样爱护。）

我们从这些篇章可以看到老子理想的道，是希望人能回归到那种天真无为、自然纯净的婴儿之心。人的老去乃是无可奈何的，不过不管是圣人或凡夫，都应该有赤子的心情。

老子讲婴儿最透彻的是第五十五章：“含德之厚，比于赤子。蜂虿虺蛇不螫，猛兽不据，攫鸟不搏。骨弱筋柔而握固，未知牝牡之合而朘作，精之至也。终日号而不嗄，和之至也。知和曰常，知常曰明，益生曰祥，心使气曰强。物壮则老，谓之不道，不道早已。”

它的意思是含德最厚的人，可以和天真的婴儿相比。蛇虫蜜蜂都不螫他，凶鸟猛兽也不攻击他。他的筋骨虽然柔弱，小拳头却握得很紧。他虽然还不知道男女交合的事，小鸡鸡却常常勃起，这是他精气充满的缘故。他虽然整日啼哭却不会喑哑，这是他血气柔和的缘故，知道柔和的道理，就合于常道，了解常道就会清明，这对养生是吉祥的。如果反过来用欲望的心来支使气力，便是逞强，逞强壮大则开始衰败老去，这种不合乎道的事物，很快就会消逝。

娇嫩的春天到了极致，就是爆裂的夏季；温柔的秋日到了顶点，便是肃杀的冬季。

初恋的情侣仿佛刚发芽的春叶，然后叶子绿了，受尘世的污染，叶子老了，总被雨打风吹而凋零。

想为天下苍生奉献的初发心，因为名利而僵化了，因为尘世的风雨而折断，成为满目肃然、自己看了都厌憎的老人。

这天下，竟没有如初的嫩芽，没有长存的春天，没有永恒的恋情，没有不老的心。我看着菩提树的新芽转成红叶，内心总会有一种悲情。

渴望循着记忆的丝线，重新去编织自己曾有的那春天一样的童心，那未受挫折之前对永恒之爱纯净的信念，那犹如拉满弓弦射出的愿与苍生共悲喜的少年情怀。

俱往矣！俱远矣！

于是我回到安全岛上，看一些新芽的初生与变化，看那叶尖上昨夜晶明的露珠和婴儿的泪珠，在阳光下丝丝飞去。就把握这纯净、清明、欢喜的一刻吧！

我想到唐朝诗人李贺写的一句诗，自己配了一副对联摆在案上：天若有情天亦老，情如无憾情补天。

从前，曾有朋友送我菩提树的嫩芽烘焙的茶，我名之为“菩提茶”，喝的时候心里总会浮出菩提树的样子，那清淡的菩提茶，使我思及自己最初的心，希望以那最初的心，来补缀日渐老去的岁月。

菩提茶要取最嫩的叶子，其他茶亦然。我从前不能深知，常常生起疑惑，为什么最嫩的茶叶有味，老壮的茶叶反而无味？古代把茶叶分为小芽、中芽、紫芽、白合、乌带五种。

小芽，又叫鹰爪、雀舌、谷粒，是最好的茶。

中芽，又叫“一枪一旗”或“一枪二旗”，即中心一芽，外有一或二片稍卷的小叶。

紫芽，即叶转紫色。

白合，是中心一小芽，外包两大叶。

乌带，是带蒂的叶。

要制最好的茶要用小芽，紫芽之后，为行家所不喜。长成“白合”与“乌带”都算是劣茶了。

现在我知道答案了，唯有新长成的叶芽具有最圆满的质地，它既未污染，也不失去，这是为什么最细小的叶芽滋味最好，也是老子说要回归婴儿的原因了。

生命所经验的历程，我们都回不去了，我们难以回归婴儿，因为我们有情，而“天若有情天亦老”！幸而，我们可以常常喝到鹰爪、雀舌、谷粒、一枪一旗的新茶，稍稍可以无憾，如果在老去的每一天，都能毫无遗憾地生活，那也就好了。

我喝春茶时，看春天的新叶长出来，一天天地变化着，就会觉得老子的“圣人皆孩之”是个警句，“专气致柔，能如婴儿乎”则近于禅心了。

可叹的是，少年的人都没有这种警觉，白居易有一次在路上遇到少年人称他“老头子”，回家就写了一首诗《戏答诸少年》：

顾我长年头似雪，饶君壮岁气如云。

朱颜今日虽欺我，白发他时不放君。

朱颜会消失，白发不会放过我们的。且让我们一起饮茶吧！让我们的心像茶叶初生尚未舒卷那样，那时节我们既不为成功失败挂怀，也不为男女之情忧心，更不为人生的长路而心情惆怅。

那时，我们只是笑，并在笑中看见光。

软枝杨桃

在乡下的荒地看到两棵野生的杨桃树，是很好的软枝品种。

杨桃树也没有辜负它的好品种，结满了累累的果实。树枝因太重的负担，低垂着头。黄熟的杨桃落了一地，遍地都是金黄，蜜蜂与果蝇在杨桃树下飞舞。

这两棵野生杨桃树的盛产使我吃惊，因为既不使用农药，也不使用肥料，杨桃树竟可以如此高大，长出如此多的果实。更使我吃惊的是，这么美好的杨桃，竟然没有人采收，也没有人愿意吃，任其凋落一地。

是不是这杨桃不好吃呢，为何没有人吃？

当我站在杨桃树下一看，就懂了。

由于未使用肥料，这杨桃比一般的杨桃瘦小，不像市场里那些硕大的杨桃。

由于未使用农药，杨桃的表面多少有虫鸟咬吃的痕迹，几乎没有一个是完整的。

现代人吃惯了以肥料培育、用农药保护的水果，对这貌不起眼、有一点瑕疵的水果，当然是不屑一顾了。

我想起一位种水果的明堂表哥，他曾对我说：“我们人自以为聪明，其实比鸟雀还笨，甚至比虫还笨。那些没有喷农药的水果，外表虽然丑一点，虫鸟都爱吃；那些喷了农药的水果，外表虽美，虫鸟都不会吃，知道吃了也不健康。人只

注意外表的美丑，虫和鸟却看到了更深的内在啊！”

明堂表哥种的水果都不用农药，在水果结实的时候，他用塑料袋一粒一粒地包起来。而在每一个果园里，他总会留下一棵树给虫鸟吃。他常说：“虫鸟真是聪明呀！它们都会从熟的开始吃，所以整年水果不会断。它们吃饱就走了，不像一些偷水果的人，连生熟都分不清。”

我采了两大袋的软枝杨桃回家，洗干净，把虫鸟咬过的部分削去，切成丁，端出来请大家吃。

家人吃了都大为惊叹：这么美味的杨桃真是少见呀！

确实，由于没有农药与化肥的污染，杨桃的生长较为缓慢，使那软枝杨桃比市场上的杨桃更坚实甜脆，滋味更为深长。

边吃杨桃，我边想起明堂表哥说的：“虫鸟比人还聪明。”这是人的短视近利所造成的。当整个社会都只重视表面的好看，忽视内在的毒素之时，真正清净的生活是不可能实现的。

柔软的耕耘

童年时代，家里务农，种了许多作物，不管是要种什么，父亲带我们做的第一件事情就是翻松土地。

如果是种稻子或甘蔗，就用牛犁，一行一行地把土地翻过来，再翻过去，最少要把两尺深的硬土整个松过一遍。父亲的说法是："土地是有地力的，种过的土地表层已经耗去地力，所以要把有地力的沙土，从深的地方翻出来。而且，僵硬的土地是什么作物也不能种植的，柔软的土地才是有用的土地。"

如果是尚未种过的土地，就要用锄头松土，因为怕牛犁损坏。先要把地上的杂草拔除，然后一锄一锄地掘下去，掘起来的土中夹着石头，要把石头拾到挑篮里。这些石头被挑到田畔去做水圳，以利灌溉和排水，并保护土地。

第一次耕种的土地要掘到四尺深，工作是非常繁剧的。

"为什么要掘这么深？"有一次我问父亲。

他说："不管种什么作物，根是最要紧的，根长得深，长得牢固，作物的生长就没有问题。要根长得深和牢固，就要把石头和野草的根彻底地除去，要使土地松软。土地若是不松软，以后撒再多肥料也没有用呀！"

童年松土的记忆深埋在我的心里，知道强根固本的重要，但若没有柔软的土地，强根固本也就成为妄谈。人也是和土地一样，要先把心地松软了，一切菩提、智慧、慈悲，以及好的良善的品性，才有可能长得好。即使是年年长好作物的农田，也要每年除草、松土，才能种新的作物。

因此，一切正面的品德，最基础和根本的就是有一颗柔软的心。

柔软心在佛教的经典里常被提到，例如把十地菩萨的第五地称为“柔软地”。如来常教我们要有柔软的心、柔软的行为、柔软的语言；要柔顺、柔法、柔和忍辱、柔和质直。

例如在《法华经》里，佛就说柔和忍辱是如来的心，如果一个人有柔和忍辱的心，就可以防止一切嗔怒的毒害，如衣服可以防止寒热一样。佛说：“如来衣者，柔和忍辱心是。”“诸有修功德，柔和质直者，则皆见我身，在此而说法。”

例如在《大集经》里，佛说：“于众生中常柔软语故，得梵音相。”因而把如来温和柔软的声音，称为清净殊妙之相。

什么是柔软心呢？就是不执着、不染杂、不僵化、能出污泥而不染的心。是指慧心柔软的人，能随顺真理，既能随顺人的本性不相违逆，又能与实相之理不相乖违。所以在《十住毗婆沙论》里说：“柔软心者，谓广略止观相顺修行，成不二心也。譬如以水取影，清净相资而成就也。”那么，柔软心也可以说是不二的心，不分别的心，清净的心。

有柔软心的人才能真正地生起道德，也才能以这种柔软使别人生起道德。贤首菩萨曾说：“柔和质直摄生德。”意思是慈悲平等、质直无伪的人，才能摄化众生进入正法。

我们都知道，佛教里以清净的莲花作为法的象征。莲花的十德里第五德就是“柔软不涩，菩萨修慈善之行，然于诸法亦无所滞碍，故体常清净，柔软细妙而不粗涩，譬如莲花体性柔软润泽。”（《佛说除盖障菩萨所问经》）所以，莲花也叫作“柔软花”。

据说在天界最鲜白柔软的花曼殊沙华，也叫作“柔软花”。不知道莲花与曼殊沙华是不是相同，但是把人间天上最美的花都叫作“柔软花”，可以见到其中深切的寓意。在西方净土诞生的人不也是在莲花上化生吗？可见，柔软，是独步于天上、人间、净土的。一个真正柔软心的人，在任何地方都是出入自在。传说地藏菩萨在地狱行走的时候，焚烧人的烈焰，一时之间都化成柔软美丽的红莲花来承接他的双足呀！

有柔软地才会耕耘出柔软心，不是来自印度的观念，中国本来就有。

传说老子的老师常枞要死的时候，老子去问法，请老师说出最后的教化。

常枞缓缓张开嘴巴，叫老子往嘴巴里看，问老子说：“你看见什么？”

老子说：“我只看见舌头。”

常枞说：“牙齿还安在吗？”

老子说：“牙齿都没有了。”

常枞说：“这就是我给你上的最后一课。”

老子又问：“而今而后，我要向谁请教？”

常枞说：“你要以水为师，你看河床的石头虽然坚硬无比，不久就被水穿成孔、流成槽了。”

说完，常枞就仙逝了。

这是中国古代讲柔软心的动人故事。常枞“以水为师”的教化可以和佛圆寂时说的“以戒为师”相互比美。以水的柔软为师，能知道天下最坚强的就是柔软；

以戒的清净为师，能知道天下最有力量的是清净。

老子以水为师，说出了千古的真意："守柔曰强"，"弱之胜强，柔之胜刚"，"天下莫柔弱于水，而攻坚强者莫之能胜"，"江海所以能为百谷王者，以其善下之"。老子是通达柔软心的真实开悟者。

柔软的水才能千回百转，或成平湖、或成瀑布、或成湍流，天下没有可以阻挡的。柔软的土地才能生机绵延，或在平原、或在奇峰、或在污泥，都能展现生命的活力。柔软的心才能超越人生世相，或处痛苦、或陷逆境、或逢艰危，都能有着宽容、感恩、谦卑、无畏的心情。

故知柔软心是觉悟、是菩提、是般若波罗蜜多，是成就一切法门的根本心，也是一切法门成就的境界。

当我们说到修行，修行就是不断地松土、除草、捡石头，使土地维持在最好的状况吧！土地如果在最好的状况，随便撒一把种子，生机就会有无限的绵延。

童年松土的时候，时常会踩到石头跌伤，锄伤自己的脚踝，被虫蚁咬肿，甚至偶遇西北雨，回家就感冒了。但只要知道那是使土地柔软所必须付出的代价，就能安于刺痛、锄伤与感冒。

每年，在土地完全翻松的时候，我站在田岸上，看着老牛吃草，白鹭鸶在土地上嬉戏，就仿佛已看见黄金色的稻子在晨风中点头微笑。看见了油菜花嫩黄的颜彩上有彩蝶翩翩，看见了和风吹抚在翠绿的芋叶上，夕阳前的晚霞横过天际……

在土地翻松那一刻，我们已看见收成的景致呀！一个人有了柔软心也如是，仿佛闻到了《法华经》说的"花果同时"的芬芳！

枯萎的桃花心木

乡下老家屋旁，有一块三千坪的空地，租给人家种桃花心木的树苗。

桃花心木是一种特别的树，树形优美，高大而笔直，从前老家林场种了许多，但打我出生识物时，林场的桃花心木已是高达数丈的成林。所以当我看到桃花心木仅及膝盖的树苗，有点难以相信自己的眼睛。

种桃花心木苗的是一个高大的人，他弯腰种树的时候，感觉就像插秧一样，不同的是，这是旱地，不是水田。

树苗种下以后，他总是隔几天才来浇水，奇怪的是，他来的天数并没有规则，有时三天，有时五天，有时十几天来一次。浇水的量也不一定，有时浇得多，有时浇得少。

我住在乡下时，天天都会在桃花心木苗的小路上散步，种树苗的人偶尔会来家里喝茶。他有时早上来，有时下午来，时间也不一定。

我感到越来越奇怪。

更奇怪的是，桃花心木苗有时莫名其妙地枯萎了。所以， 他来的时候总会带几株树苗来补种。

我起先以为他太懒，有时隔那么久才为树浇水。

但是，懒的人怎么会知道有几棵树枯萎了呢？

后来我以为他太忙，才会做什么事都不按规律。

但是，忙的人怎么可能行事那么从容呢？

我忍不住问他：到底应该什么时间来？多久浇一次水？桃花心木为什么无缘无故会枯萎？如果你每天来浇水，桃花心木苗应该不会这么容易就枯萎吧？

种树的人笑了，他说：“种树不是种菜或种稻子，种树是百年的基业，不像青菜几个星期就可以采收。所以，树木自己要学会在土里找水源。我浇水只是模仿老天下雨，老天下雨是算不准的，它几天下一次？上午或下午？一次下多少？如果无法在这种不确定中汲水生长，树苗自然就枯萎了。但是，只要在不确定中找到水源、拼命扎根的树，长成百年的大树就不成问题了。”

种树人语重心长地说：“如果我每天都来浇水，每天都定时浇一定的量，树苗就会养成依赖的心，根就会浮在地表上，无法深入地底，一旦我停止浇水，树苗会枯萎得更多。幸而存活的树苗，遇到狂风暴雨，也会一吹就倒。”

种树者言，使我非常感动，想到不只是树，人也是一样，在不确定中生活的人，比较经得起生活的考验。因为在不确定中，我们会养成独立自主的心，不会依赖。在不确定中，我们深化了对环境的感受与情感的觉知。在不确定中，我们学会把很少的养分转化为巨大的能量，努力生长。

生命的法则不可能那么固定、那么完美，因为固定和完美的法则，就会养成机械式的状态，机械式的状态正是通向枯萎、通向死亡之路。

当我听过种树的人关于种树的哲学，每天走过桃花心木苗时，内心总会有某些东西被触动，这些树苗正努力面对不确定的风雨，努力学习如何才能找到充足的水源，如何在阳光中呼吸，一旦它学会这些本事，百年的基业也就奠定了。

现在，窗前的桃花心木苗已经长得与屋顶等高，是那么优雅而自在，宣告着自主的生命。

种树的人不再来了，桃花心木也不会枯萎了。

永恒的偶然触碰

在市场里买到一种冬天的植物，名字十分奇特，叫作“猫柳”。

猫柳长得很高大，枝条有一人高，每隔一厘米就有一个瘤状的隆起。花苞有枣红色的外皮包覆，到开放时，外皮脱落，花朵就成为白色的绒毛小球，一团一团，棉絮一般。

猫柳可以开三周到一个月，等花开完了，生出翠绿的小芽，甚至可以长几个月才谢去。

我常常坐在书桌前看那一束猫柳，想着这种植物叫作“猫柳”，实在没有什么道理，因为它既不像猫，也不橡柳。却想不起比这更好的名字。那长而柔美的枝条确有着柳的形意，而隆起的白绒毛，不正像波斯猫的尾巴吗？

在从前的从前，有一个人看见这种长相奇特的植物，为它取名为“猫柳”，确实是惊人的灵光一现，可以说是对永恒的偶然触碰呀。

我的园子里还种了一些植物，它们的名字也充满了永恒的触碰。像是马缨丹、观音莲、何首乌是完全与形意无关的，但名字取得真好；与形意有关的，例如水芙蓉、麒麟草、海芋、鹅掌藤也充满了美的想象；还有一些是当我们听见的时候，心灵会一层一层地在爬高，像七里香、九重塔、九重葛。

一个小小的园子里就充满了对永恒的触碰，使有创造力的人也想不出比那些

流传已久、由许多不知名的人想出来的更好的名字。

关于永恒，几乎是人人心中潜藏的梦，大部分人也知道永恒的不可企及。但是，永恒虽不在我们的掌握里，如果用心一些，在平凡生活中也有永恒的偶然触碰。当我们融入深刻的因缘之时，当我们与相知的人聚散之际，甚至当我们进入一只动物、一株植物的内在世界的一刻，我们浑然而忘，成为大化的一部分，我们就那样触碰了永恒。

心思细密的人，只要有感有情、有意有悟，在每天旋身回睡之间，都会不期然地与"永恒"相遇。久而久之，永恒就拟人化，成为我们喝茶、散步、散心、沉思的好朋友。

深香默默

秋天一到，家屋前两株高大的桂花树，一转眼全盛开了，乳白色的小花一丛一丛点缀在枝叶间，白日里由于阳光灿亮、枝丫茂盛，桂花隐藏着很难被发现，一到夜晚，它便从叶片后面吐出了香气。

桂花的香味很清淡，但飘得很远，我每天回家，刚走到阶梯口，就远远闻到那淡淡的香气，还常常飘到屋里来。桂花香是所有的花香里最好的，它淡雅而深远，不像有的花香浓烈而浮浅。

盛夏的时候，山下的七里香也开得丰富。那种香真是能飘扬七里外，可是只宜于远赏不适合近闻，距离一近就浓得呛鼻，香得人手足无措。还有，我园子里有两株昙花，开放的时候也有香气，是一种淡淡的奶香，可惜只能凑近地闻，站开一步则渺无气息了。

只有桂花是远近皆宜，淡淡有余裕。

可能是由于桂花的这种特性，凡物一冠上“桂”字就美了三分，“桂林”的山水是天下之冠，“桂竹”是所有竹子中最秀美的，“桂酒”是酒类中最香的；就连广西的“桂江”想起来也是秀丽无匹，诗人的头上加了“桂冠”则是一种至高无上的荣誉。

仔细地想起来，中国人实在是个爱桂的民族，早在吴刚伐桂的神话中，桂树就已有了高大无伦，不能破坏的形象，《酉阳杂俎》里说：“月中有桂树，高五百丈。”这棵桂树是有魂魄的，伐不倒的。苏轼在中秋词里曾为之赞叹：“桂魄飞来光射处，冷浸一天秋碧。”唐朝诗人李德裕也写过“桂殿夜凉吹玉笙”的名句。

历史上还有两位皇帝是爱桂树的，汉武帝曾经造了一个宫殿，用了“七宝床、杂宝案、厕宝屏风、列宝账”来装饰，这个宫殿和当时的明光殿、柏梁台齐名，名字就叫“桂宫”。后来，南朝的陈后主为他的爱妾张丽华也造过一个“桂宫”，摆设是“圆门如月，障以水晶，庭空洞无物，仅植一桂”，我们很可以想象那个宽广的只植一株桂树的庭院，浪漫而美丽，即使陈后主没有什么治绩，光是这棵桂树，也能传承不朽了。

文学作品里以桂为名的也不少，宋朝词牌有“桂枝香”、清朝剧曲有“桂花霜”，诗人宋之问曾写下“桂子月中落，天香云外飘”，对桂花的香味可以说是一语道尽。

我是爱桂花的，常常把摇椅搬到庭院里看书，晚来的凉风一吹，桂花就开始放散它的魅力，终夜不息，颇有提神醒脑的功用，我常想，这也许就是宋之问当年闻到的“天香”，本不是人间应有。

想到“天香”，我又记起几年前读过一本古老的佛经《维摩经》，里面提到一个菩萨的理想世界，名字就叫“众香国”。

这个“众香国”远在四十二恒河的沙佛土，“其国香气，比于十方诸佛世界人天之香，最为第一”，原来在“众香国”里，是以香做楼阁，以香为地，苑闱皆香，甚至菩萨们吃的饭也是香的，它们吃饭时散放出来的香气，可以周流十方无量世界 。盛饭的用具也是香的，叫“众香钵”，所种的树当然也是香树了。

生息在“众香国”的菩萨，甚至到了“毛孔皆出妙香”的地步。

由于长在那里的九百万菩萨身上太香，当他们要到人间普度的时候，连佛也不得不告诫他们：“摄汝身香，无令彼诸众生起惑著心。又当舍汝本形，勿使彼国求菩萨者，而自鄙耻。又汝于彼莫怀轻贱，而作碍想。”

香气太盛而有碍度众生，实在是不可思议的事。

“众香国”是一个佛经里的浪漫传说，它无微不至的“天香”是人间所不可能的。我想，人间也不必有，人间虽有生苦、有老苦、有病苦、有死苦、有爱别苦、有怨憎会苦、有所求不得苦、有五阴盛苦、有失去荣乐苦等诸苦，可是到底有苦有乐，有臭有香，是个多姿多彩的世界。如果连屎尿、脓血、涕唾都是香的，日子便也没有过下去的意思了。

我的信念是，我们应该有肯定世间一切臭的污秽事物的气魄，因为再腐败的土地也会开出最美丽的莲花。如果莲花不出于淤泥，而长在遍地天香的土地上，它的美丽也不会那么正规。

我并不希望人世间都是壮丽美丽的世界，也不期待能生活在众香国度，我只想渴的时候有水喝，夜读的时候，有沉默清雅的桂花深香默默地飘来，就够了。

一只毛虫的圆满

起居室的墙上，挂了一幅画家朋友陆咏送的画，画面上是一只丑丑的毛虫，爬在几株野草上，旁边有陆咏朴素的题字：

今日踽踽独行，他日化蝶飞去。

我很喜欢这一幅画，那是因为美丽的蝴蝶在画上已经看得多了，美丽的花也不少，却很少有人注意到蝴蝶的“前身”是毛虫，也很少有人思考到花朵的“幼年时代”就是草，自然很少有画家以之入画，并给予赞美。

当我们看到毛虫的时候，可以说我们的内心有一种期许，期许它不要一辈子都那样子踽踽独行，而有化蝶飞去的一天。当我们看到毛虫的时候，内心里也多少有一些自况，梦想着能有美丽飞翔的一天。

小时候，我曾经养过一箱毛虫，所有的人看到毛虫都会恶心惊叫，但我不会，只因为我深信毛虫是美丽蝴蝶的幼年时代。每天去山间采嫩叶来喂食，日久习以为常，竟好像对待宠物一样。我观察到那些样子最丑的毛虫正是最美的蝴蝶的幼虫，往往貌不惊人，在破茧时却七彩斑斓。

记得最清的是把蝴蝶从箱中放走的时刻，仿佛是一朵花飘向空中，到处都有生命美丽的香味。

对毛虫来说，美丽的蝴蝶是不是一种结局呢？从丑怪到美丽的蜕化是不是一种圆满呢？对人来说，结局何在？什么才是圆满？这些难以解答的问题，正是我说的自況了。

初生于世界的人，是不可能圆满的，原因是这个世界原就是不圆满的世界，感应道交，不圆满的人当然投生到不圆满的世界，这乃是“因缘”所成。圆满的人，自然投生到佛的净土、菩萨世界了。

幸而，佛经里留了一个细缝，是说在不圆满世界也可能有圆满的人来投胎，凡圣可能同居，那是由于愿力的缘故，是先把自己的圆满隐藏起来，希望不圆满的人能很快找到圆满的路径，一起走向圆满之路。

“有圆满之愿，人人都能走向圆满。”我们可以这样说，这正是佛说“众生皆有如来智慧德相”的意思。

举一个简单的例子， 我们来看几个人字旁的字， 像“佛”“仙”“俗”。

仙，左人右山，意思是，人的心志如果一直往山上爬，最后就成仙了。

俗，左人右谷，意思是，人的心志如果往山谷堕落，最后就是粗俗的凡夫了。

佛，左边是人，右边是弗，弗有“不是”之意，佛字如果直接转成白话，是“不是人”的意思。“不是人”正是“佛”，这里面有极为深刻的寓意。当一个人的心志能往山上走，不断地转化，使一切负面的情绪都转化成正面的情绪，他就不是一般的人，而是觉行圆满的佛了。

成佛、成仙、成俗，都是由人做成的，人是一切的根基，人也是走向圆满的起点，这是为什么六祖慧能说：“一念觉，即是佛；一念迷，即是众生了。”

从前读太虚大师的著作，他常说“人圆即佛成”，那时不能深解，总是问：“为什么人圆满了就成佛呢？”当时觉得人要圆满不是难事，成佛却艰辛无比，

年纪渐长才知道，原来，佛是“圆满的人”，并不是一个特别的称呼。

什么是圆满之境呢？试以佛的双足“智慧”与“慈悲”来说。

佛典里给佛智慧的定义是“妙观察智”“平等性智”“成所作智”“大圆镜智”，如果把它放到最低标准，我们可以说圆满的智慧具有这样四种特质：一是善于观察世间的实相；二是能平等对待众生，因了知众生佛性平等之故；三是有生命的活力，所到之处，一切自然成就；四是有无比广大的风格，如大圆镜反映了世界的实相。

也可以说，假如有一个人想走向圆满，他要在智慧上有细腻的观察、平等亲切的对待、活泼有力的生命、广大无私的态度。我们试着在黑夜中检视自己生命的风格，便会知道自己是不是在走向圆成智慧之路。

慈悲的圆满境界则有两项标杆：一是无缘大慈，二是同体大悲。前者是对那些无缘的人也有给予快乐之心，是说虽然无缘，也要广结善缘；后者是认识到自己并不是独存于世界，而是与世界同一趋向、同一境性，因此对整个世界的痛苦都有拯救拔除的心。

慈悲的检视也和智慧一样，要回来看自己的心，是不是与众生感同身受，是不是与世界同悲共苦？切望能共同走向无忧恼之境，如果于众生起一个非亲友的念头，那就可以证明慈悲不够圆满了。

因缘的究竟是渺不可知的，圆满的结局也杳不可知，但人不能因此而失去因缘成就、圆满实现的心愿。

一个人有坚强广大的心愿，则因缘虽遥，如风筝系在手，知其始终；一个人有通向究竟的心愿，则圆满虽远，如地图在手，知其路径，汽车又已加满了油，一时或不能至，终有抵达的一天。

但放风筝、开汽车的乐趣，只有自心知，如果有人来问我关于圆满的事，我会效法古代禅师说："喝茶时喝茶，吃饭时吃饭，睡觉时睡觉，说什么劳什子的圆满？"

这就像一条毛虫一样，生在野草之中，既不管春花之美，也不管蝴蝶飞过，只是简简单单地吃草，一天吃一点草，一天吃一点露水；上午受一些风吹，下午给一些雨打；有时候有闪电，有时候有彩虹；或者给鸟啄了，或者喂了螳螂；生命只是如是前行，不必说给别人听。只有在心里最幽微的地方，时时点着一盏灯，灯上写两句诗：

今日踽踽独行，他日化蝶飞去。

拈花四品

不与时花竞

诵帚禅师有一首写菊的诗：

篱菊数茎随上下，无心整理任他黄。

后先不与时花竞，自吐霜中一段香。

读这首诗使人有自由与谦下之感，仿佛是读到了自己的心曲，不管这个世界如何对待我们，我只要吐出自己胸中的香气，也就够了。

在台湾乡下有时会看到野生的菊花，各种大小、各种颜色的菊花，那也不是真正野生的，而是随意被插种在庭园的院子里，它们永远不会被剪枝或瓶插，只是自自然然地长大、开放与凋零，但它们不失去傲霜的本色，在寒冷的冬季，它们总可以冲破封冻，自尊地开出自己的颜色。

有一次在澎湖的无人岛上，看见整个岛已被天人菊所侵占，那遍满的小菊即使在海风中也活得那么盎然，没有一丝怨意地兴高采烈，怪不得历史上那么多诗人画家看到菊花时都要感怀自己的身世，有时候，像野菊那样痛痛快快地活着竟也是一种奢求了。

“天人菊”，多么好的名字，是菊花中最尊贵的名字，但它是没有人要的开在角落的海风中的菊花。

最美的花往往和最美的人一样，很少有人能看见，欣赏。

山野的春气

带孩子到土城和三峡中间的山中去，正好是春天。这是人迹稀少的山道，石级上还留着昨夜留下的露水。在极静的山林中，仿佛能听见远处大汉溪的声音。

这时我们看见在林木底下有一些紫色的花，正张开花瓣在呼吸着晨间流动的空气。那是酢浆草花，是这世界上最平凡的花，但开在山中的风姿自是不同，它比一般所见的要大三倍，而且颜色清丽，没有丝毫尘埃。最奇特的是它的草茎，由于土地肥满，最短的茎约有一尺，最长的抽离地面竟达三尺多。

孩子看到酢浆草花神奇的美大为惊叹，我们便离开小路走进山间去，摘取遍

生在山野相思树下的草花，轻轻一拈，一株长长的酢浆草花就被拉拔起来。

春天的酢浆草花开得真是繁盛，我们很快就采满一大束酢浆草花，回到家插在花瓶里，好像把一整座山的美丽与春天全带了回来。连孩子都说：“从来没有看过这样美的花。”

来访的朋友也全部被酢浆草花所惊艳，因为在我们的经验里几乎不能想象，一大束酢浆草花之美可以冠绝一切花，这真是“乱头粗服，不掩国色”了。

酢浆草花使我想起一位朋友的座右铭：在这个时代里，每个人都像百货公司的化妆品，你的定价能多高，你的价值就有多高。

紫蓝色之梦

在家乡附近有一个很优美的湖，湖水晶明清澈，在分散的几处，开着白色的莲花，我小时候时常在清晨雾露未褪时跑去湖边看莲花。

有一天，不知从什么地方漂来一株矮小肥胖的植物，根、茎、叶子都是圆墩墩的，过不久再去看的时候，已经是几株结成一丛，家乡的老人说那是“布袋莲”，如果不立即清除，很快湖面就会被占满。

没想到在大家准备清除时，布袋莲竟开出一串串铃铛般的偏蓝带紫的花朵，我们都被那异样的美震住了，那些布袋莲有点像旅行中的异乡人，看不出它们有什么特殊，却带着谜样的异乡的风采。布袋莲以它美丽的花，保住了生命。

来自外地的布袋莲有着旺盛的生命力与繁衍能力，它们很快地占据整个湖面，到最后甚至丢石头到湖里都丢不进去，这时，已经没有人有能力清除它了。

当布袋莲全面开花时，仍然有摄人的美，如沉浸在紫蓝色的梦境，但大家都感到厌烦了，甚至期待着台风或大水把它冲走。

布袋莲带给我的启示是：美丽不可以嚣张，过度的美丽使人厌腻，如同百货公司的化妆品专柜一样。

马鞍藤与马蹄兰

马鞍藤是南部海边常见的植物，盛开的时候就像开大型运动会，比赛着似的，它的花介于牵牛花与番薯花之间，但比前者花形更美、花朵更大、气势也更雄浑。

马鞍藤有着非常强盛的生命力，在海边的沙滩曝晒烈日、迎接海风，甚至灌溉海水都可以活存，有的根茎藏在沙中看起来已枯萎，第二年雨季来时，却又冒出芽来。

这又美又强盛的花，在海边，竟少有人会欣赏。

另外，与马鞍藤背道而驰的是马蹄兰，马蹄兰的茎叶都很饱满，能开出纯白的恍若马蹄的花朵。它必须种在气温合适、多雨多水的田里，但又怕大风大雨，大雨一下会淋破它的花瓣，大风一吹又使它的肥茎摧折。

这两种花名有如兄弟的花，却表现了完全相反的特质，当然，因为这种特质也有不同的命运。马鞍藤被看成是轻贱的花，顺着自然生长或凋落，绝没有人会采摘；马蹄兰则被看成是珍贵的花被宝爱着，而它最大的用途是用在丧礼上，被看成是无常的象征。

人生，有时像马鞍藤与马蹄兰一样，会陷入两难之境，不过现代人的选择越来越少，很少有人能选择马鞍藤的生活，只好做温室的马蹄兰。

图书在版编目（CIP）数据

心无挂碍，无有恐惧 / 林清玄 著．— 南京：江苏凤凰文艺出版社，2017

ISBN 978-7-5399-9108-5

Ⅰ．①心… Ⅱ．①林… Ⅲ．①散文集－中国－当代
Ⅳ．①I267

中国版本图书馆 CIP 数据核字（2016）第 291554 号

著作权合同登记号 图字：10-2016-101

书　　名	心无挂碍，无有恐惧
著　　者	林清玄
责任编辑	黄孝阳　汪 旭
出版发行	凤凰出版传媒股份有限公司 江苏凤凰文艺出版社
出版社地址	南京市中央路 165 号，邮编：210009
出版社网址	http://www.jswenyi.com
经　　销	凤凰出版传媒股份有限公司
印　　刷	天津市银博印刷集团有限公司
开　　本	715×1000 毫米　1/16
印　　张	19
字　　数	180 千字
版　　次	2017 年 3 月第 1 版　2019 年 2 月第 7 次印刷
标准书号	ISBN 978-7-5399-9108-5
定　　价	49.50 元